D1858262

Ausgeschieden
Stadtbücherei
Bad Vilbel

Stadtbücherei
Niddastraße 1
6368 BAD VILBEL

Felix Huby

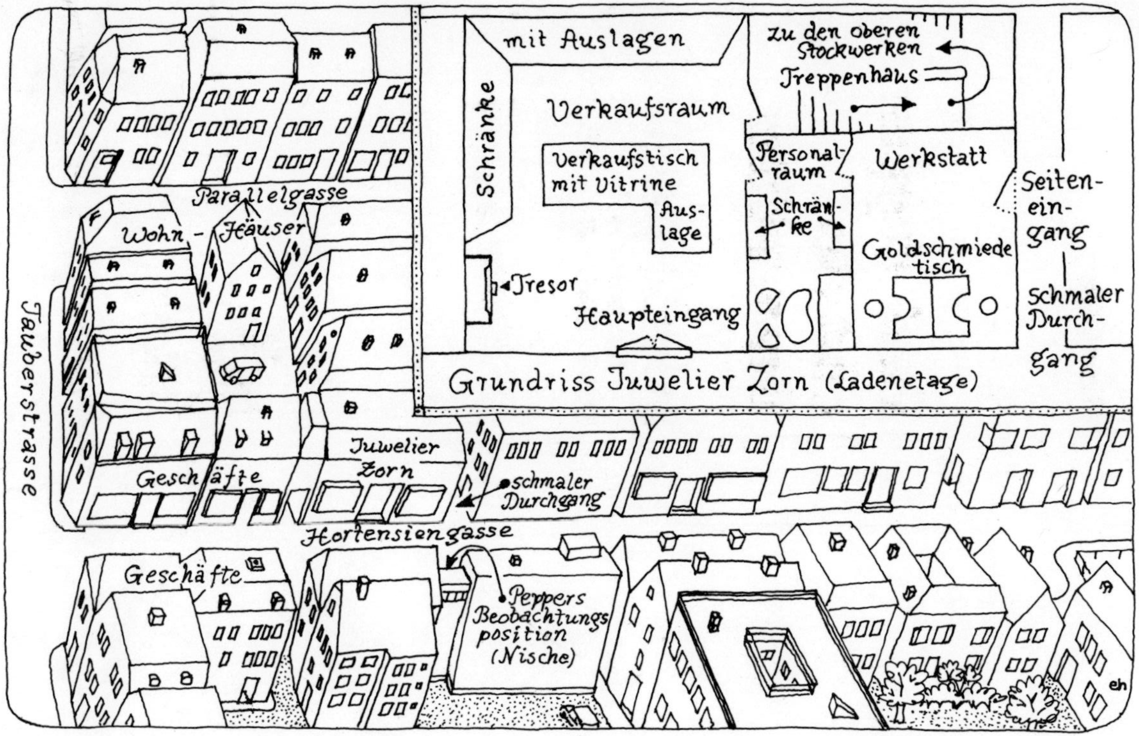
Grundriss Juwelier Zorn (Ladenetage)
mit Auslagen
Schränke
Verkaufsraum
Verkaufstisch mit Vitrine
Auslage
Tresor
Haupteingang
zu den oberen Stockwerken
Treppenhaus
Personalraum
Werkstatt
Schränke
Goldschmiedetisch
Seiteneingang
Schmaler Durchgang
Parallelgasse
Wohn-Häuser
Juwelier Zorn
Geschäfte
schmaler Durchgang
Hortensiengasse
Geschäfte
Peppers Beobachtungsposition (Nische)
Tauberstrasse

Felix Huby

Paul Pepper und der Brandstifter

5.1
Stadtbücherei
Niddastraße 1
6368 BAD VILBEL
87/366
40 007 270

Franckh'sche Verlagshandlung
Stuttgart

Zwei Zeichnungen von Eva Hohrath

Umschlagtypographie und -illustration von Atelier Held + Rieger, Fellbach

CIP-Kurztitelaufnahme der Deutschen Bibliothek

Huby, Felix:
Paul Pepper und der Brandstifter / Felix Huby.
– Stuttgart : Franckh, 1986.
ISBN 3-440-05584-1

Franckh'sche Verlagshandlung, W. Keller & Co., Stuttgart / 1986
Alle Rechte, insbesondere das Recht der Vervielfältigung, Verbreitung und Übersetzung, vorbehalten. Kein Teil des Werkes darf in irgendeiner Form (durch Fotokopie, Mikrofilm oder ein anderes Verfahren) ohne schriftliche Genehmigung des Verlages reproduziert oder unter Verwendung elektronischer Systeme verarbeitet, vervielfältigt oder verbreitet werden.
© 1986, Franckh'sche Verlagshandlung, W. Keller & Co., Stuttgart
ISBN 3-440-05584-1 L 18sl H vk
Printed in Czechoslovakia / Imprimé en Tchécoslovaquie
Satz: G. Müller, Heilbronn
Gesamtherstellung durch Artia, Prag

Paul Pepper und der Brandstifter

Die Hauptpersonen

Paul Pepper, 58. Der Privatdetektiv wohnt in einem alten Salonwagen der früheren Reichsbahn. Die seltsame Behausung steht mitten in einem Garten – die *Grüne Idylle* genannt. Pepper ist früher einmal zur See gefahren – siebzehn Jahre lang und mindestens zwanzigmal rund um den Erdball. Eine Zeitlang war er auch bei der Polizei, aber dort hatte man ihn nicht behalten wollen, weil seine Methoden ziemlich ungewöhnlich waren. Jetzt arbeitet er als Privatdetektiv. Doch es ist nicht einfach für ihn – junge, fixere Kollegen schnappen ihm immer wieder die dicksten Brocken weg. Indessen sind da noch Pit, Jonny und Arnica, und mit ihnen gemeinsam ist Pepper jeder Konkurrenz, manchmal sogar der Polizei, überlegen.

Peter Küster, genannt Pit, ist ein ruhiger, nachdenklicher Junge von 16 Jahren. Seine Eltern sind geschieden. Seitdem lebt Pit mit seiner Mutter allein und muß eine ganze Menge Verantwortung tragen. Seine besonderen Leidenschaften sind Fotografieren und Kajakfahren. Sein Boot hat er sich selber gebaut. Für sein Alter ist Pit ziemlich stark. Er ist ein guter Sportler, aber er ist nicht sehr redegewandt.

Arnica, 14. Ihre Eltern nennen Arnica einen ›Teufelsbraten‹. Sie hat hauptsächlich Unsinn im Sinn und ist – so gesehen – das ganze Gegenteil von Pit. Arnica wohnt nicht weit von Pepper und Pit, allerdings in einer Gegend, in der Einfamilienhäuser und schicke

Bungalows stehen. Ihr Vater ist ein hohes Tier beim Gericht und schon deshalb mit den Extratouren seiner Tochter nicht einverstanden. Arnica besucht nicht nur die gleiche Schule wie Jonny, sie geht auch noch in dieselbe Klasse.

Jonny, 14. Er ist der umtriebigste im Team. Immer auf Achse, immer am Reden und Rechnen. Er führt die Geschäfte, stellt Kontakte her, horcht Leute aus, erfindet Tricks, sprudelt über vor Einfällen und schießt regelmäßig übers Ziel hinaus. Sein Vater ist Journalist und Schriftsteller, seine Mutter hat eine kleine Galerie, und da beide Eltern immer unglaublich beschäftigt sind, hat Jonny viele Freiheiten, die er weidlich ausnutzt. Er ist der Clown und das Mitglied der Truppe, das die anderen immer wieder aufrichtet, wenn sie ihre Köpfe hängen lassen. Jonnys Vater (Jonny heißt übrigens bürgerlich Johannes) ist ein vielbeschäftigter Mann. Doch wenn ihn die Kinder einmal brauchen, stellt er sich immer als Berater zur Verfügung. Manchmal springt dabei natürlich auch eine Geschichte für seine Zeitung heraus.

Frau Küster ist Pits Mutter, eine ruhige, liebenswerte Frau, bei der man immer Rat und Zuflucht findet.

Kriminalhauptkommissar Rübenach, von den Kindern **Rübezahl** genannt, ist ein ziemlich grobschlächtiger Typ, nicht unsympathisch, von rauhbeiniger Herzlichkeit. Doch gegen Privatschnüffler hat er etwas. Für ihn kommt es gar nicht in Frage, daß andere sich in die Arbeit der Polizei einmischen. Und wenn sie dann womöglich noch erfolgreicher sind als er selbst, wird er fuchsteufelswild.

Marie Luise Scheringer, 81, Kioskbesitzerin und Märchenerzählerin. Sie betreibt ihren kleinen Laden, in dem es von Lakritzstangen bis zum Kunstdünger alles gibt, in einer ehemaligen Baracke. Der Holzschuppen ist völlig mit Efeu eingewachsen. Seit 14 Jahren will die Stadt an dieser Stelle einen Verwaltungsbau errichten, aber

Frau Scheringer, die von allen liebevoll nur ›Die Alte‹ genannt wird, hat sich bisher erfolgreich widersetzt, wobei ihr Jonnys Vater kräftig geholfen hat. Für ›Die Alte‹ gibt es nichts Schöneres als einen neuen Fall. Dann lebt sie unheimlich auf, kombiniert, denkt mit, hat überraschende Ideen, ganz wie ihr Vorbild Miß Marple, der sie leider nicht nacheifern kann, weil sie nicht mehr gut genug zu Fuß ist.

Der Brandanschlag

Paul Pepper träumte. Er war wieder auf dem Forschungsschiff ›Weiße Möwe‹ und fuhr als ›Mädchen für alles‹ in einer eingeschworenen Crew den Amazonas hinauf. Im Kabelgatt hatte er die Ersatzleinen und -trossen nachgesehen, als plötzlich der Ruf über das Schiff erklang: »Feuer! Feuer im Maschinenraum!«
Pepper schob seinen Kopf durch die Luke und war plötzlich in dikken, beißenden Rauch eingehüllt. Er mußte schrecklich husten, der Qualm würgte ihn. Pepper wuchtete seinen schweren Körper aus der Luke an Deck, torkelte, stolperte über irgend etwas und fiel der Länge nach hin.
In diesem Augenblick wachte er auf. Er lag in seinem alten Eisenbahn-Salonwagen, den er als Haus benutzte, neben seinem Bett auf dem Dielenboden. Doch das Würgen im Hals ließ auch jetzt, da er wach geworden war, nicht nach. Pepper blinzelte und versuchte zu sich zu kommen. Seine Augen schienen ihm einen Streich zu spielen. Die Lider ließen sich nicht gleich öffnen, geradeso, als ob sie zugeklebt wären. Trotzig schüttelte Pepper seinen schweren Kopf. In seinen Ohren sauste und klingelte es.
»Ruhe, verdammt noch mal!« herrschte er seine Ohren an, aber sich selbst hörte er kaum. Tatsächlich hatte er auch nur ein paar krächzende Laute herausgebracht. Und dann war er schlagartig hellwach. Er hatte nicht nur geträumt, daß es brannte, irgendwo, ganz in seiner Nähe, war tatsächlich ein Feuer ausgebrochen. Im gleichen Augenblick war der Detektiv auf den Beinen. Er versuchte, seine Gedanken zu ordnen, während er zur Tür stürzte, die in den Salon des uralten Luxuseisenbahnwagens führte. Dort war der Qualm noch dichter. Pepper hielt die Luft an und rannte durch den Salon zu der Tür, die nach draußen führte. Frische, kühle Luft schlug ihm entgegen. Von irgendwoher hörte er Stimmen. Eine

Frau schrie: »Feuer! Feuer!« Eine Männerstimme echote: »Feuer, dort drüben brennt es!« Dann hörte man auch schon die Signalhörner eines Feuerwehrwagens.
Pepper schaute an sich hinunter. Er trug noch den Schlafanzug. Aber er konnte jetzt nicht mehr zurück, um sich anzuziehen. Aus dem Salon schlugen Flammen, die Fensterscheiben zerbarsten unter dem Hitzedruck, und durch die Löcher fachte der Wind die Flammen weiter an. Jetzt erst erinnerte sich Pepper, daß er ja einen Feuerlöscher besaß, der dicht neben der Tür hing. Er stürmte also in den Salon zurück, riß mit angehaltenem Atem den roten Behälter von der Wand, zerrte die Bleiplombe von der dünnen Kette und drückte mit aller Kraft auf den Hebel. Die Masse, die hervorquoll, sah aus wie Rasierschaum. Es dauerte einige Sekunden, bis die Düse begann, den Schaum zu versprühen. Pepper stand breitbeinig und starr in der Tür und schwenkte den Feuerlöscher langsam hin und her. Zischend verloschen die Flammen. Als er hinter sich einen Mann rufen hörte »Wo ist denn hier ein Hydrant, verdammt noch mal?«, hatte er das Feuer bereits erstickt.
Müde wandte sich Pepper um und sagte: »Nicht mehr nötig.«
Ein dicker, rotgesichtiger Mann schnaufte die hohen Eisenstufen zur Plattform vor der Eingangstür herauf.
»Was ist denn passiert?« wollte er wissen.
Pepper sagte: »Ich bin aufgewacht, als es schon brannte.«
»Raucher, was?« fragte der Feuerwehrmann.
»Ja, aber ich hab' meine Pfeife um zehn Uhr ausgeklopft, und jetzt ist es zwei Uhr morgens.«
»Trotzdem!«
»Was, trotzdem?«
»Die Raucher sind immer selber schuld. Da bleibt ein Restchen Glut übrig, ein wenig brennender Tabak, das glüht und glostet weiter, und irgendwann kommt ein Luftzug und ...«
»Jetzt halten *Sie* aber die Luft an«, knurrte Pepper ärgerlich. »Die Brandursache werden wir erst einmal untersuchen, ja!«

Der Feuerwehrmann sah Pepper erstaunt an, dann sagte er giftig: »Sie sollten nicht Leuten dreinreden, die etwas von der Sache verstehen.«

Pepper wandte sich ab, ohne den Uniformierten noch eines weiteren Wortes zu würdigen.

Er stapfte durch den knöcheltiefen Schaum zu seinem Schlafzimmer und zog seinen Cordanzug über den Pyjama. Dann stopfte er sich in aller Ruhe eine Pfeife, zündete sie an und kehrte paffend zurück.

Als er wieder in den Salon trat, zuckte ein Blitz durch den Raum. Pepper blinzelte und erkannte erst nach einer Weile Herrn Bergemaier, der im Eingang stand und den Schaden fotografierte. Bergemaier war Journalist. Sein Sohn Johannes, den alle nur Jonny nannten, gehörte zu Peppers besten Freunden, und so hatte sich auch der Reporter mit der Zeit ein wenig mit Pepper angefreundet.

»Schöne Schweinerei«, sagte Bergemaier.

»Kann man wohl sagen«, brummte Pepper.

»Haben Sie eine Ahnung, wie es dazu gekommen ist?«

Pepper antwortete nicht gleich. Seitdem er einigermaßen zu sich gekommen war, kreisten seine Gedanken um diese Frage.

»Na, was ist«, stieß Bergemaier nach, »arbeiten Sie zur Zeit an irgendeinem Fall? Meinen Sie, es war ein Anschlag auf Sie?«

Pepper starrte den Journalisten mit zusammengezogenen Augenbrauen an.

»Tja«, sagte er gedehnt, »seltsam ist das schon. Seit drei Wochen bin ich einem Brandstifter auf der Spur. Gestern haben Frau Scheringer und ich...« Er unterbrach sich und schaute Bergemaier entsetzt an. »Wenn es so ist, wie ich vermute, ist die Alte genauso gefährdet wie ich.«

Und schon rannte er an dem Reporter vorbei durch die Tür, bellte zwei Feuerwehrmänner an: »Los, kommen Sie mit!« und hastete den geschwungenen Gartenpfad hinunter. Bergemaier folgte, und

als einer der Feuerwehrmänner fragte: »Was hat er denn?«, rief der Journalist schnell: »Es könnte sein, daß es gleich noch irgendwo brennt!«
Pepper hatte inzwischen das Gartentor erreicht. Er lief schneller, als man dies einem fast 60jährigen Mann zutrauen würde. Die wesentlich jüngeren Feuerwehrleute hatten Mühe, ihm zu folgen. Der Weg führte sie den Asternweg hinunter zur Estenfeldstraße, dort ging es nach links. Etwa 200 Meter weiter mündete die Straße in einen kleinen hübschen Platz, der von Birken umstanden war, hinter denen ein breiter Grasstreifen verlief. Unter den Birken stand ein schönes kleines Blockhaus, das man erst beim näheren Hinsehen als Kiosk erkannte.
Die Läden waren dicht geschlossen, und alle Auslagen waren natürlich weggeräumt, so daß Frau Scheringers Laden wie ein idyllisches kleines Waldblockhaus aussah. Pepper kniff die Augen zusammen. War da nicht ein Schatten an der linken Seite des Kiosks? Tatsächlich. Jetzt richtete er sich auf. Er hatte einen Behälter in der Hand, nicht sehr groß, vielleicht 30 Zentimeter im Quadrat. ›Ein Benzinkanister!‹ fuhr es Pepper durch den Kopf, und im gleichen Augenblick brüllte der Detektiv: »Halt, bleiben Sie stehen! Stehenbleiben, sage ich!«
Aber dieser Befehl hatte natürlich genau die gegenteilige Wirkung. Eine kleine Flamme leuchtete kurz auf, verlöschte aber wieder. Pepper wußte sofort, was dort geschah: Der Mann hatte ein Streichholz angerissen und versuchte, das Benzin anzuzünden, das er ausgeschüttet hatte.
»Stehenbleiben!« rief Pepper noch mal mit donnernder Stimme. Erneut flammte ein Streichholz auf. Dann schoß eine Stichflamme in den Himmel und verbiß sich förmlich in die hölzerne Giebelseite des Häuschens.
Pepper beschleunigte seine Schritte. Er atmete schwer und hatte heftiges Seitenstechen. Aber noch immer war er den anderen ein paar Schritte voraus.

Der Mann mit dem Benzinkanister hatte in großen Sprüngen den Rasen hinter dem Kiosk überquert und war in einer schmalen Gasse zwischen Gartenhecken verschwunden. Pepper erreichte den kleinen Laden. Er zog hastig seine Jacke aus und begann, sofort damit auf die Flammen einzuschlagen. Das Benzin war bereits verbrannt, und das Feuer hatte sich in den Balken des Häuschens noch nicht eingenistet. Als einer der beiden Feuerwehrmänner herankam, stellte sich heraus, daß er klugerweise ein Löschgerät mitgeschleppt hatte. Sekunden später schon erloschen die letzten züngelnden Flämmchen.

Pepper stand keuchend da. Er trug zur Cordhose seine Pyjamajacke, und sein Gesicht war rußgeschwärzt.

»Manchmal«, stieß er schwer atmend hervor, »übernachtet die Alte in ihrem Häuschen.«

Bergemaier nickte. »Nicht auszudenken, was da hätte passieren können.«

»Von wem reden Sie eigentlich?« fragte einer der Feuerwehrmänner.

»Von Frau Marie Luise Scheringer«, antwortete Herr Bergemaier.

»Sie ist 81 Jahre alt, aber das sieht man ihr nicht an. Und wir nennen sie nur die ›Alte‹ – auf eigenen Wunsch der Dame, wohlgemerkt!«

»Und sie hat den Laden hier?«

»Ja, und den läßt sie sich auch nicht nehmen«, sagte Bergemaier.

Pepper fuhr sich mit gespreizten Fingern durch seine struppigen Haare, die erst ziemlich weit hinten auf seinem massigen Schädel zu sprießen begannen. »Auf das Grundstück spekuliert schon lange eine Baufirma. Vielleicht steckt die ja dahinter.«

»Glaube ich nicht«, meldete sich Herr Bergemaier. »Irgendwie besteht doch offensichtlich ein Zusammenhang zwischen dem Brand bei Ihnen und dem Feueranschlag hier.«

»Mhm«, machte Pepper, »wird wohl so sein.«

Plötzlich quietschte einer der schweren Läden an dem Kiosk in den Angeln.
»Was ist eigentlich da draußen los?« rief Frau Scheringer ärgerlich. »Kann man denn nicht in Ruhe schlafen?«
Sie trug ein weißes Nachthemd mit zahllosen Rüschen am Kragen und an den Ärmeln und auf dem Kopf eine genauso reichlich verzierte Nachthaube.
»Pepper!« rief sie überrascht. »Was machen Sie denn hier zu nachtschlafender Zeit? Und wie sehen Sie überhaupt aus, Mann?«
»Wie so ein Lebensretter halt nun mal aussieht«, antwortete Bergemaier lachend. »Wenn er nicht gewesen wäre...«
»Ein unbekannter Täter hat versucht, Ihr Haus in Brand zu setzen«, meldete sich einer der Feuerwehrmänner.
»Wo ist der Kerl?« fauchte die Alte.
»Über alle Berge. Wir waren damit beschäftigt, das Feuer zu löschen, damit Sie da drinnen nicht gebacken werden«, sagte Pepper. »Und nun geben Sie auf den Schreck mal einen aus!«
Frau Scheringer stieß auch noch den zweiten Laden auf, worauf sich das Ablagebrett automatisch nach vorne legte.
»Wo schlafen Sie denn da drin?« fragte der zweite Feuerwehrmann.
»Ich stelle keine besonderen Ansprüche.« Frau Scheringer kramte aus einem Regal eine Schnapsflasche und ein paar unterschiedlich große Gläser hervor. »Ich hab' eine Campingliege, und wenn ich zu faul bin, nach Hause zu gehen – ich bin sowieso nicht mehr gut zu Fuß –, dann lege ich mich eben hier aufs Ohr. Bad brauche ich keines, weil dort hinten das städtische Hallenbad ist. Da marschiere ich morgens zur Generalreinigung hin, und außerdem kann ich dann noch ein paar Bahnen schwimmen.«
»Mit 81!« sagte der Feuerwehrmann ganz andächtig.
»Ja klar. Ein Mensch ist so alt, wie er sich fühlt. Und wenn ich im Wasser herumplansche, bin ich höchstens ... na, sagen wir mal 63!«

Sie hatte eingegossen und reichte nun die Gläser heraus. Man prostete sich zu. Als sie ihr Glas absetzte, fragte Frau Scheringer: »Hat denn mein Häuschen was abgekriegt?«
»Kaum der Rede wert«, sagte Pepper, »in meinem Wagen sieht's ganz anders aus.«
»Heißt das…?«
»Ja, bei mir haben die auch gezündelt, allerdings mit größerem Erfolg. Als ich aufgewacht bin, stand mein Salon schon in Flammen.«
»Sie können beide mit zu uns kommen«, sagte Herr Bergemaier.
»Ne, ne«, antwortete Pepper rasch, »ich hab' nicht gern Logiergäste, und ich bin auch nicht gern Logiergast. Lassen Sie mal. Meine Schlafkoje hat ja nicht gelitten. Ich könnte sogar der Alten noch das Kaiserinnenappartement überlassen.«
So nannte Pepper einen kleinen, aber sehr hübsch eingerichteten Nebenraum, von dem es hieß, die Gattin des letzten Kaisers habe darin gewohnt, wenn das hohe Paar gemeinsam mit dem Luxuszug auf Reisen gewesen sei. Freilich hatte das Kaiserpaar nie diesen Wagen benutzt, allenfalls einmal ein Staatssekretär oder ein Minister.
»Und ich hab' ja schließlich auch noch eine Wohnung«, sagte Frau Scheringer.
Aber dann standen sie erst noch eine ganze Weile beisammen, bis der Feuerwehrhauptmann auftauchte, der nach Pepper und nach seinen ausbleibenden Männern fahndete. Er bekam einen hochroten Kopf, als er sah, daß die Herrschaften gemütlich an dem Kiosk standen und ein Schnäpschen zu sich nahmen.
»Sollen wir etwa bei Ihrem komischen Wagen warten, bis Sie die Güte haben zurückzukommen?« herrschte er Pepper an.
Pepper musterte ihn unter seinen buschigen Augenbrauen hervor und erwiderte: »Schon eine Idee, wie es zu dem Brand gekommen ist?«
»Die Ursache muß Ihre Pfeife sein!« Der Feuerwehrhauptmann zeigte mit ausgestrecktem Zeigefinger auf Pepper.

»Unsinn«, sagte Pepper und wandte sich von ihm ab.
»Und was ist mit euch?« bellte der Hauptmann seine Leute an.
»Melde gehorsamst«, sagte der größere der beiden, »es ist uns gelungen, hier einen bereits gelegten und entzündeten Brand zu löschen.«
Die Hände auf dem Rücken verschränkt, ging der Hauptmann um das Häuschen herum. Er musterte die Brandspuren, verschwand dann auf der Rückseite, erschien beim rechten Giebel wieder, und als er endlich vor Frau Scheringers Fenster ankam, fragte sie: »Auch ein Schnäpschen, Herr General, oder wie das bei euch heißt? Das beruhigt.«
Sie reichte ihm ein Glas. Der Hauptmann nahm es mit einer herrischen Geste und stürzte es hinunter. »So«, sagte er dann, »Herr Pepper und meine Leute: Abmarsch!«
»Ich konnte es noch nie ausstehen«, brummte Pepper, »kommandiert zu werden – beim Kommiß nicht und auf dem Schiff auch nicht. Und am allerwenigsten bei der Polizei – ja, da habe ich tatsächlich mal ein paar Jährchen gearbeitet, auch wenn man mir das überhaupt nicht ansieht.«
»Dann müßten Sie ja Hauptkommissar Rübenach kennen«, sagte der Hauptmann mißtrauisch.
»Und ob ich den kenne, der Rübezahl zählt zu meinen allerältesten Feinden. Ein wirklich feiner Kerl, solange man mit ihm einer Meinung ist. Na, dann wollen wir mal. Die Spurensicherung müßte eigentlich inzwischen schon da sein.«
Sie kehrten zu Peppers Wagen zurück, während Herr Bergemaier Frau Scheringer nach Hause begleitete. Tatsächlich war die Spurensicherung eingetroffen, und die Fachleute hatten bereits erste Anhaltspunkte. Es war gegen vier Uhr, als die Beamten ihre Ermittlungen abgeschlossen hatten. Der Leiter der Kripo-Kommission war ein schmaler, hoch aufgeschossener Mann mit einer randlosen Brille und glatt nach hinten gekämmten Haaren. Er wirkte überhaupt nicht wie ein Polizist, sondern viel eher wie ein Profes-

sor. Und so hörte er sich dann auch an, als er sich schließlich an Pepper und Herrn Bergemaier, der inzwischen wieder dazugestoßen war, wandte.
»Der Kernsatz jedes Brandspezialisten lautet: Nichts verbrennt restlos«, begann er. Dabei legte er seinen Zeigefinger gegen den rechten Nasenflügel und beugte den Kopf etwas vor.
Pepper richtete sich auf und sagte, plötzlich hellwach: »Bitte, reden Sie weiter. Mich interessiert alles, was Sie sagen. Und Herrn Bergemaier auch. Er ist nämlich Reporter, und man lernt nie aus, nicht wahr?«
Bergemaier sah Pepper überrascht an. Normalerweise haßte der Detektiv jeden Vortrag. Jede Äußerung, die über zwei oder drei Sätze hinausging, war Pepper in der Regel zuwider. Doch dann fiel dem Journalisten ein, daß Pepper ja selbst einem Brandstifter auf der Spur war. Und alles, was sonst galt, verlor seine Gültigkeit für Pepper, wenn er ein berufliches Interesse hatte.
»Warten Sie«, sagte der Detektiv, »ich mache uns einen Tee, und Sie erzählen uns alles ganz genau.«
Ein Lächeln huschte über das Gesicht des Brandspezialisten. Über nichts reden die Menschen so gerne wie über ihren Beruf, da kennen sie sich am besten aus, und oft lieben sie ihre Aufgaben ja auch. Kein Wunder also, daß jeder gerne davon erzählt. Und diejenigen, die ihren Beruf nicht mögen, erzählen trotzdem gerne darüber, weil sie dann einmal so richtig schimpfen können.
»Also«, hob der Experte an, nachdem Pepper Tee eingegossen hatte und es sich die drei Männer im Kaiserinnenzimmer halbwegs bequem gemacht hatten. – »Also, wie gesagt, nichts verbrennt restlos. Wir finden immer noch etwas, aus dem wir unsere Schlüsse ziehen können. Unverbrennbare Rückstände und nicht völlig verkohlte oder veraschte Stoffe bieten einem geübten Experten meist noch ausreichende Anhaltspunkte für die Entstehungsgeschichte des Brandes und eventuelle Zündmittel. Rückstände etwa, die auf Öle, Fette oder Chemikalien schließen lassen, wandern automa-

tisch ins kriminaltechnische Labor. Brandsachverständige, wie sie von Versicherungen und der Feuerwehr beschäftigt werden, können zudem in Zusammenarbeit mit uns Kriminalisten oft anhand der Verbrennungsspuren feststellen, von wo das Feuer ausgegangen ist und welchen Weg es genommen hat. Gemeinsam untersuchen wir auch die Feuerstätten, Öfen und Herde zum Beispiel, auf schadhafte Stellen und elektrische Leitungen auf Kurzschlußmöglichkeiten.«

Der schmale Mann erhob sich aus seinem Sessel.

»Wenn der Vergleich nicht komisch wäre, würde ich sagen, Sie haben sich richtig in Feuer geredet«, sagte Herr Bergemaier.

»Interessiert es Sie nicht?«

»Aber ja, natürlich, sehr sogar. Bitte fahren Sie fort!«

»Dem Brandsachverständigen wie auch dem Brandermittler kommt es zustatten, daß reiche Erfahrungen mit Brandentstehungen und -entwicklungen vorliegen. Bei der vorsätzlichen Brandstiftung wird der Experte zuerst einmal festzustellen versuchen, ob eine sogenannte Schnellzündung oder – die andere Möglichkeit – eine Zeitzündung das Feuer ausgelöst hat.

Die Schnellzündung ist immer ein dilettantisches Verfahren. Meist treffen wir sie dort an, wo leicht brennbares Material vorhanden ist, auf Dachböden etwa, in Scheunen, Strohhaufen oder Schreinerwerkstätten. Der Vorgang ist einfach: Der Täter benutzt Streichhölzer oder ein Feuerzeug und zündet das Gebäude an einer Ecke an. Oft braucht er dann nicht einmal leicht entzündbares Material zusammenzutragen und aufzuschichten. Für gewöhnlich kommt es aber sehr schnell zu einer kräftigen Rauchentwicklung. Dem Brandstifter bleibt also wenig Zeit sich davonzumachen. Das haben Sie ja bei Frau Scheringers Kiosk selbst erlebt.«

Pepper nickte. »Finde ich alles sehr spannend. Wie war's denn nun hier?«

Doch der Brandsachverständige ließ sich nicht aus seinem Konzept bringen. Unbeirrt setzte er seinen Vortrag fort.

»Die Zeitzündung bietet dem Brandstifter mehr Spielraum. Er kann zum Zeitpunkt des Feuerausbruchs weit vom Tatort entfernt oder auch – den Überraschten spielend – in unmittelbarer Nähe sein. Es gibt mechanische, elektrische, chemische und optische Zeitzünder.
Der einfachste mechanische Zeitzünder ist die Kerze. Ihre Brenndauer läßt sich entsprechend ihrer Länge und Dicke wenn auch nicht genau ausrechnen, so doch einigermaßen abschätzen. Meistens stellt der Täter ein brennendes Wachslicht in eine vorbereitete Benzinlache oder in einen Heuhaufen. In jedem Fall finden wir dann den Docht- oder Wachsrest, der auf den Zündvorgang hinweist.
Elektrische Zeitzünder beruhen meistens auf der sogenannten Glühzündung, wobei durch die Zwischenschaltung eines hohen Widerstandes an der gewünschten Stelle eine hohe Zündtemperatur erzeugt werden kann.
Chemische Zeitzünder sind schwierig zu handhaben und deuten deshalb immer schon auf einen bestimmten Täterkreis hin, auf Personen nämlich, die das notwendige Fachwissen haben. Die Wirkung der chemischen Zünder beruht auf der Fähigkeit bestimmter Stoffe, sich selbst zu entzünden, sobald Sauerstoff hinzutritt. Wir kennen solche Chemikalien auch unter dem Namen ›Flüssiges Feuer‹ oder ›Lothringisches Feuer‹. Meist handelt es sich um ein Phosphorgemisch, wie es schon im Zweiten Weltkrieg in die Brandbomben eingefüllt wurde.«
Herr Bergemaier hatte einen Notizblock und einen Stift aus der Tasche gezogen und schrieb jetzt eifrig mit. Der Experte hatte dies aus den Augenwinkeln registriert und schien sich jetzt bei seinem Vortrag noch mehr Mühe zu geben.
»Die optischen Zeitzünder, gemeint sind Linsen und Brenngläser, spielen nur selten eine Rolle bei den kriminalpolizeilichen Brandermittlungen. Wo sie zu Bränden führen, waren oft spielende Kinder am Werk. Solche Spiele mit dem Feuer gelten als *fahrlässige*

Brandstiftung. Bei den sogenannten fahrlässigen Brandursachen spielen Unvorsichtigkeit, Vergeßlichkeit, Gleichgültigkeit, Unwissenheit und Leichtsinn die Hauptrollen. Viele Menschen vergessen zu leicht, daß alle Feuerstätten Konstruktions-, Abnutzungs- oder Gebrauchsfehler haben können und daß das gleiche für alle elektrischen Anlagen gilt. Kommen Konstruktionsmängel und Unvorsichtigkeit zusammen, kann leicht ein Feuer ausbrechen.«

Der Experte hatte sich während des letzten Satzes wieder in seinen Sessel fallen lassen. Jetzt schaute er zufrieden und Beifall heischend von Bergemaier zu Pepper.

Pepper zündete sich gemächlich seine Pfeife an. »Das war wirklich interessant und lehrreich, und mir hilft es vielleicht auch bei meinen Ermittlungen. Aber, was ist denn nun hier passiert, Herr … äh…?«

Erst jetzt merkte Pepper, daß er den Namen des Brandexperten noch nicht kannte.

»Kleinmann«, stellte dieser sich mit einer knappen Verbeugung vor. »Also, in Ihrem Fall hat es sich aller Wahrscheinlichkeit nach um einen Kerzenstummel in einer Benzinlache gehandelt. War eigentlich Ihre Tür nicht verschlossen?«

»Natürlich hab' ich abgeschlossen.«

»Seltsam. Der Täter muß unbemerkt hereingekommen sein.«

»Mit einem Dietrich vielleicht«, meldete sich Bergemaier.

»Kaum.« Herr Kleinmann lächelte nachsichtig. »Am Schloß sind nicht die geringsten Kratzspuren. Hat irgendwer sonst einen Schlüssel?«

»Nein, das nicht«, sagte Pepper, »aber…«

»Ja?« Der Brandexperte hob aufmerksam den Kopf.

»Nun ja, der Schlüssel ist mit einem Magnet an einem versteckten Platz…«

»Ach!« unterbrach ihn Kleinmann. »Dann müssen wir nur noch wissen, wer davon unterrichtet ist?«

»Quatsch«, sagte Pepper grob, »Jonny, Pit und Arnica scheiden aus, Herr Bergemaier und Frau Scheringer auch.«
»Und wer sind Jonny, Pit und Arnica?«
Herr Bergemaier antwortete: »Jonny ist mein Sohn Johannes, Pit und Arnica sind seine besten Freunde. Alle drei gehen bei Herrn Pepper ein und aus. Und natürlich würde keiner von ihnen hier Feuer legen. Herrn Peppers Eisenbahn-Salonwagen ist so etwas wie ihr zweites Zuhause!«
Pepper kratzte sich am Kopf. »Wenn natürlich einer beobachtet hat, wie die Kinder...« Er ließ den Satz in der Luft hängen, wie das so seine Art war. ›Ab einem bestimmten Moment‹, pflegte er zu sagen, ›weiß sowieso jeder, was gemeint ist.‹
»Tja«, sagte Herr Kleinmann, »das erleichtert die Nachforschungen natürlich nicht besonders. Sind Sie versichert, Herr Pepper?«
Der Detektiv nickte. »Muß ich ja, ich arbeite häufig für eine Versicherung, und die würden mich nicht beschäftigen, wenn ich sie nicht auch etwas verdienen ließe.«

Ein zweiter Gegner

Natürlich hatten Pit, Jonny und Arnica von den nächtlichen Brandanschlägen erfahren. Jonnys Vater hatte beim Frühstück davon erzählt, und schon in der ersten Pause hatte der Junge seine beiden Freunde unterrichtet. Sie beschlossen, nach Schulschluß direkt zu Pepper zu gehen, um zu sehen, ob sie bei den Aufräumungsarbeiten helfen konnten. Der eigentliche Grund war natürlich nicht ihre Hilfsbereitschaft, sondern ihre Neugierde. Wenn ein Fall anstand, ließen sie es sich nicht nehmen, dabeizusein. Und oft genug hatte das dem alten Pepper ja auch schon geholfen. Er war nicht mehr so fix und beweglich wie seine jungen Konkurrenten, deshalb war er ganz froh, wenn ihm die drei Freunde den einen oder anderen Weg abnahmen.

»Das habe ich mir gedacht«, begrüßte er sie, als Pit, Jonny und Arnica in den Salonwagen stürmten.

»Ist ja gar nicht so schlimm«, sagte Jonny, nachdem er sich umgesehen hatte, und es klang fast ein wenig enttäuscht.

»Nicht so schlimm, sagst du«, Pepper deutete auf die halb abgebrannten Vorhänge, die zerborstenen Scheiben und die versengten Polstermöbel.

»Das muß alles gerichtet oder ersetzt werden.«

»Na ja, ich hab' mir's schlimmer vorgestellt«, sagte Jonny.

»Wie ist es denn passiert?« fragte Pit.

»Irgendwer hat herausgekriegt, wo wir den Schlüssel verstecken, hat ihn sich geholt, Benzin ausgegossen, einen Kerzenstummel hineingestellt, die Kerze angezündet, und dann ist er verduftet. Als die Kerze dann so weit heruntergebrannt war, daß die Flamme das Benzin entzünden konnte...« Pepper machte eine ausladende Bewegung mit beiden Armen.

»Also ich habe niemandem erzählt, wo der Schlüssel ist«, rief Arnica. »Ich auch nicht«, sagte Jonny schnell.

»Regt euch nicht auf, ihr werdet nicht verdächtigt. Irgendwer muß einen von uns beobachtet haben. Wir waren in letzter Zeit schon ein bißchen nachlässig. Alle miteinander.« Pepper ging in seine kleine Küche. Von dort aus rief er: »Das Motiv ist wichtig. Ich bin nämlich zur Zeit einem Brandstifter hinterher.«

»Davon wissen wir ja gar nichts«, riefen die drei empört.

»Na ja, ich hätte es euch sicher noch erzählt.« Pepper kam mit ein paar belegten Broten aus der Küche zurück. »Alles zu seiner Zeit.«

Er stellte die Brote auf den Tisch. Jonny zog das dickste unten hervor und biß kräftig hinein.
Mit vollem Mund sagte er: »Und was ist das für ein Fall?«
»Tja, genaugenommen kein Fall von Brandstiftung, sondern von Entmietung.«
»Was ist denn das?« fragte Arnica.
»Also paßt auf: Da kauft oder besitzt einer ein großes Mietshaus. Er will es ausbauen und als Bürohaus vermieten oder abreißen und was Neues hinstellen. Aber nun sind da noch Mieter drin. Und die sind zum Glück bei uns gesetzlich davor geschützt, daß man sie von heute auf morgen rausschmeißen kann. Der Vermieter will aber nicht drei oder mehr Jahre warten. Also macht er den Leuten, im wahrsten Sinne des Wortes, Feuer unter dem Hintern.«
»Der räuchert die Leute sozusagen aus?«
»Genau, Pit, du hast es erfaßt. Und jetzt gibt es so ganz spezielle Unternehmen, die bieten ihre Dienste als ›Entmieter‹ an. Also das sind meistens ziemlich gemeine und grobschlächtige Typen, die den Mietern mit Lärm, Gestank, Rauch, Feuer und was weiß ich noch alles auf die Bude rücken. Meistens sind ja ein paar Wohnungen bereits leer. Und von diesen leerstehenden Wohnungen aus werden die anderen Mieter regelrecht terrorisiert.«
»Und wer hat Sie beauftragt?« fragte Pit.
»Eine Mietergemeinschaft.«
»Das kann aber nicht viel bringen«, meinte Jonny. »Die Leute haben doch bestimmt nicht viel Geld, sonst würden sie ja wohl ausziehen.«
Pepper sah ihn unwillig an. »Man kann seine Aufträge nicht nur danach aussuchen, wieviel man verdient.«
»Und wie wollen Sie den Entmietern beikommen?« fragte Pit.
»Man muß ihnen strafbare Handlungen nachweisen. Soweit bin ich freilich noch nicht. Ich hab' erst einmal Mühe damit gehabt, herauszubekommen, wer dieses miese Geschäft betreibt. Das ist ein gewisser Horst Eberswald. Er wohnt in der Südstadt, hat dort

einen Bungalow, fährt einen teuren amerikanischen Schlitten und umgibt sich ständig mit jungen Männern, die wie Schlägertypen wirken.«

»Haben Sie etwa mit diesem Eberswald gesprochen?« fragte Arnica entsetzt.

»Ja, ich hab' gedacht, in diesem Fall ist der direkte Weg der beste. Aber jetzt merke ich, daß ich den Kerl vielleicht doch unterschätzt habe. Immerhin, ich bin ihm auf der Spur.«

»Und er auf der Ihren«, meinte Pit.

Pepper stand auf und ging nervös auf und ab. »Das wäre nur halb so schlimm. Aber bei meinem Besuch hat mich Frau Scheringer begleitet. Ihr kennt sie ja. Sie hat sich einfach nicht abwimmeln lassen. Und nun wollten die wohl uns beiden eine abschreckende Lehre erteilen.«

Pepper blieb vor einer alten Kommode stehen und nahm eine Zeitung in die Hand, die dort mehrfach gefaltet lag. Er warf die Zeitung auf den Tisch, so daß der Teil mit den Kleinanzeigen oben lag. Eine der Anzeigen war dick angestrichen. Pit zog die Zeitung zu sich her und las:

Biete Musikgruppe erstklassige
Übungsräume. Telefon: 88746.

»Was ist denn damit?« fragte Pit.

»Das ist die Telefonnummer von dem feinen Herrn Eberswald.«

»Ach, Lärmterror durch Musik also.«

»Genau.«

»Was schauen Sie mich denn so an?« fragte Pit.

»Tja, man müßte eine Musikgruppe aus dem Boden stampfen – sozusagen.«

»Nachtigall, ich hör' dir trapsen«, rief Jonny dazwischen.

»Nicht die Nachtigall ist gefragt«, sagte Pepper grinsend, »sondern ein wirklich lauter Schlagzeuger, ein Gitarrist mit Verstärker, so einer mit einer Orgel und was weiß ich, was man da noch alles braucht, um diesen modernen Lärm zu machen, den ihr Musik nennt.«

»Ich hab' verstanden«, sagte Pit langsam und in tiefes Nachdenken versunken.

»Der Heinz spielt Gitarre, Jonny kann ein bißchen Schlagzeug...«

»He, he, he, was heißt denn das, ein bißchen?« protestierte Jonny.

»Na ja, Charlie Antolini bist du noch nicht!«

»Werd' ich aber, mindestens!«

»Tom spielt ein irres Banjo, und wir haben in der Klasse sogar einen Trompeter – er heißt zwar Otto, was ihn unheimlich ärgert, aber wir nennen ihn Miles, nach dem berühmten Trompeter Miles Davis.«

»Und du glaubst, die machen mit?«

»Ja, sicher, die gieren förmlich danach, fetzige Musik zu machen.«

»Jetzt Moment mal«, fuhr Pepper auf, »die sollen ja nur einmal Musik machen, um diesen Geier Eberswald zu überzeugen. Und dann nie wieder.«

»Ach so!« Pits Begeisterung nahm erheblich ab. »Stimmt ja, wir wollen nur einen Türken bauen. Trotzdem, die sind bestimmt mit dabei, wenn ich ihnen erkläre, worum es geht.«

»Na, dann rufst du dort am besten gleich mal an!«

Pit wählte die Telefonnummer, die in der Anzeige stand. Das Freizeichen ertönte dreimal, dann meldete sich ein Mann mit einer melodischen, angenehmen Stimme, freilich ohne einen Namen zu nennen.

»Ja, bitte?«

»Ich rufe wegen der Anzeige an!« Pit bemühte sich, seiner Stimme einen tiefen Klang zu geben.

»Ja?«

»Wir haben eine Band, allerdings ist es eine Schülerband.«

»Das macht doch nichts«, sagte die Stimme am anderen Ende der Leitung.

»Wir sind alle so um die sechzehn, einer ist allerdings schon über achtzehn«, fuhr Pit fort.

»Na prima!«

»Ja, und dann noch eins«, Pit zögerte ein wenig, »unsere Musik ist ... nun ja ... wir spielen Pop und Rock, und das ist nicht besonders leise. Ich sage das lieber gleich.«

Der Mann am Telefon lachte. »Ist doch klar. Ich hätte die Räume nicht angeboten, wenn sie nicht für eine moderne Band geeignet wären.«

»Hört sich gut an«, sagte Pit, »können wir uns den Raum mal ansehen?«

»Ja sicher. Aber kommt bitte mit der ganzen Band vorbei. Ich würde mir gerne mal anhören, wie eure Musik klingt.«

»Wir stehen noch ganz am Anfang«, sagte Pit schnell.

»Das macht doch nichts. Also, ich gebe dir die Adresse an, junger Mann, oder muß ich dich siezen?«

»Wie Sie wollen«, erwiderte Pit leicht eingeschnappt.

»Also, das ist Kreuzstraße 34. Ein Eckhaus. Leicht zu finden. Sagen wir 18.00 Uhr am Eingang?«

»Okay«, bestätigte Pit.

»Und jetzt noch Ihren Namen!«

»Peter Küster, und wie heißen Sie?«

»Eberswald, Horst Eberswald.«

Pit legte auf und wiederholte die Anschrift: »Kreuzstraße 34, ein Eckhaus.«

»Das ist es!« rief Pepper.

»Da wohnen Ihre Auftraggeber?« fragte Arnica.

»Exakt!«

Die jungen Leute verabschiedeten sich, denn es war noch eine Menge zu tun, wenn die Band am Abend stehen sollte. Pepper machte sich daran, die Brandspuren weiter zu beseitigen. Er hatte Bienenwachs gekauft und begann jetzt, die angesengten Stellen an der Kommode zuerst vorsichtig abzukratzen und dann neu einzu-

wachsen. Er hatte allerdings kaum damit angefangen, da hörte er draußen auf den Eisenstufen schwere Schritte. Gleich darauf klopfte es an die Tür. »Herein!« rief Pepper und zog die mittlere Schublade der Kommode auf, in der sein Revolver lag. Doch er schob die Schublade sofort wieder zu. Der Mann, der eintrat, war zwar nicht gerade sein bester Freund, aber eine unmittelbare Gefahr ging nicht von ihm aus.
»Nanu, Hauptkommissar Rübenach!« sagte Pepper erstaunt. »Was verschafft mir denn diese besondere Ehre?«
Rübenach sah sich überrascht um. »Was ist denn hier passiert?«
»Ein kleiner Brandanschlag.«
»Dann komme ich also zu spät?«
»Heißt das, Sie wußten davon?«
»Unsinn. Aber ich hätte es mir denken können.«
»Jetzt mal langsam.« Pepper legte den Wachslappen aus der Hand und verschraubte die Dose sorgfältig. »Woher wissen Sie, an welchem Fall ich zur Zeit arbeite?«
»Ich hab' keine Ahnung.«
»Hä?« Pepper starrte Rübenach an. »Und warum kommen Sie dann?«
»Weil Zenker seit gestern frei ist.«
»Hat er seine Strafe also abgesessen?«
»Wie man's nimmt. Der Richter hat ihm ein Drittel erlassen. Jetzt läuft der Kerl wieder frei herum.«
»Gönnen Sie ihm doch seine Freiheit.«
»Kommt ganz darauf an, was er damit macht. Sie haben seine Drohungen wohl vergessen!«
»Ach, das muß man doch nicht so ernst nehmen. Damals im Gerichtssaal, da gingen die Wogen hoch. Der Zenker war voller Haß gegen mich, weil ich ihn überführt und der Polizei übergeben habe. Aber so ein Hitzkopf kühlt sich doch ab im Gefängnis.«
»Bei Zenker ist das anders. Am Tag seiner Entlassung, also gestern, hat er noch zu einem Mithäftling gesagt: ›Jetzt kommt der

Pepper dran und die alte Scheringer. Die mach' ich alle beide fertig. Fix und fertig mach' ich die!‹ Soweit das wörtliche Zitat!«
Rübenach, den seine weniger guten Freunde schlicht Rübezahl nannten, ließ sich in den bequemsten Sessel plumpsen und verschränkte seine kurzen dicken Hände über dem Bauch. »Der Mann ist gefährlich, Pepper!«
Der Detektiv war sehr nachdenklich geworden. Er ging in die kleine Küche, holte eine Thermoskanne mit Tee und eine kleine Flasche Rum. Nachdem er zwei Becher eingegossen und einen davon Rübenach zugeschoben hatte, sagte er: »Das läßt die Sache von gestern in einem anderen Licht erscheinen.«
»Erzählen Sie!« befahl Rübenach, der eine dicke Zigarre aus seiner Brusttasche geangelt hatte und nun die Spitze abbiß.
Pepper gab einen ausführlichen Bericht. Aber seinen Verdacht, daß Horst Eberswald hinter den Anschlägen stecken könnte, erläuterte er nicht. Er wollte auf jeden Fall verhindern, daß sich Rübezahl in seine Ermittlungen hineindrängte. Aber so einfach machte es ihm der Kommissar nicht.
»Wen haben Sie in Verdacht, wenn nicht Zenker?«
Pepper hob die Schultern. »Feinde habe ich genug. Jeder, den ich mal hinter Schloß und Riegel gebracht habe, könnte...« Er ließ den Satz in der Luft hängen.
»Ich kenn' Sie«, stieß Rübenach zwischen den Zähnen hervor, »Sie verschweigen mir etwas. Ich komme extra her, um Sie zu warnen, und Sie spielen den Geheimniskrämer.«
Pepper gab sich einen Rück. »Also gut, ich bin hinter einem gewissen Eberswald her.«
Rübenach richtete sich auf. Er wirkte plötzlich äußerst gespannt.
»Horst Eberswald?«
»Ja.«
»Warum?«
»Weil er für raffgierige Hausbesitzer Mieter schikaniert, bis sie das Feld räumen.«

Rübenach ließ sich wieder in den Sessel zurücksinken.
»Ach so.«
»Und was haben Sie gegen Eberswald?«
»Ooch, nichts Besonderes.«
»Jetzt spielen aber Sie den Geheimniskrämer«, sagte Pepper mißgelaunt.
»Wir haben ihn in Verdacht«, Rübenach stieß dicke Rauchwolken aus.
»Und weswegen?«
»Krumme Geschäfte, Zollvergehen, Falschgeld vielleicht, wir wissen noch nichts Genaues. Aber bei der ›Beobachtenden Fahndung‹, wie das jetzt heißt, haben wir festgestellt, daß er internationale Kontakte zu allerlei Gelichter hat. Wenn Sie mit ihm zu tun haben, sehen Sie sich vor, Pepper. Der Mann ist gefährlich wie eine Klapperschlange.«
Der Detektiv war noch nachdenklicher geworden. Langsam stopfte er sich eine Pfeife. Eine Zeitlang sprach keiner der beiden. Schließlich sagte Pepper: »Sie könnten einem Angst machen, Kommissar.«
»Ihnen, dem Helden der sieben Meere?« Rübenach lachte mekkernd.
»Ach, hören Sie doch auf. Das ist mehr als ein Jahrzehnt her, daß ich zur See gefahren bin. Außerdem habe ich auf keinem der sieben Meere solche Ungeheuer getroffen wie Zenker und Eberswald.«
Rübenach stemmte sich ächzend aus dem Sessel heraus.
»Also, passen Sie auf sich auf, Pepper, ich will nicht irgendwann Ihre Leiche aus einem Bach oder einem See fischen.«
»Sie können so richtig gute Laune und fröhlichen Optimismus verbreiten«, knurrte Pepper. An der Tür gab er dem Hauptkommissar die Hand und sagte: »Trotzdem, vielen Dank, Herr Rübenach.«
Der Kommissar machte eine wegwerfende Geste, als ob er sagen

wollte ›Ist doch nicht der Rede wert‹ und stapfte die Eisenstufen hinunter. Unten blieb er stehen und schnupperte in die Luft. »Ich glaube, es wird Frühling«, sagte er.
»Ja, Sie haben recht«, erwiderte Pepper von der Tür seines Salonwagens her. »Ich muß mich um meinen Garten kümmern.«
Aber dazu sollte er in nächster Zeit kaum kommen.

Musik liegt in der Luft

Kurz nach vier Uhr trafen nacheinander die Mitglieder von Pits neuer Band bei Pepper ein. »Wir hatten gedacht, daß wir wenigstens einmal zusammen spielen sollten, ehe wir da hinziehen«, sagte Pit entschuldigend.
»Na klar!« Pepper rückte die Sessel und den Glastisch zur Seite, so daß in dem angekohlten Raum Platz genug für die Musiker war. Ein Glaser hatte inzwischen die Scheiben eingesetzt, und Pepper selbst hatte die schwarzen Stellen am Boden mit einem großen Fleckerlteppich abgedeckt, den er von Frau Scheringer bekommen hatte.
Arnica war auch gekommen. Sie hatte ihre Querflöte dabei und wurde deshalb von den Jungen ziemlich scheel angesehen.
»Also, ich kann mir nicht vorstellen, wie das zusammen klingen soll«, sagte Heinz, der Gitarrist.
»Ooch, so ungewöhnlich ist das nicht. Im United-Pop-and-Rock-Ensemble spielt auch eine Querflötistin mit«, nahm Pit seine Freundin in Schutz.

Als letzter kam Jonny. Er schleppte schwer an seinen Trommeln und Becken und begann sofort, sein Schlagzeug in der Mitte des Raumes aufzubauen, wobei er laut rief: »Macht mal Platz für meine Donnerbude!« Er rückte noch ein bißchen an den Drums herum, wirbelte die Stöcke zwischen den Fingern und schlug dann einen gewaltigen Wirbel auf der kleinsten Trommel. Otto, den sie Miles nannten, wollte gerade seine Trompete ansetzen. Er senkte sie aber wieder und sagte ärgerlich: »Nun deck mal nicht gleich alle anderen zu, Kleiner. Der wahre Könner an den Drums erweist sich bei den leisen Stellen.«
Jonny sah empört hoch, aber er hatte vor Miles Respekt, denn dessen Musikerqualitäten waren allgemein bekannt. Also schlug er jetzt einen leisen Zweiertakt, und Miles blies spielerisch leicht eine Melodie.
Pepper nickte anerkennend. Er verstand etwas von Musik und spielte ja selbst auch leidlich Gitarre.
Plötzlich setzte Arnica ihre Querflöte an die Lippen und ließ einen hohen, leisen Triller erklingen, ehe sie die Melodie von Miles aufnahm. Der Trompeter warf ihr einen überraschten Blick zu. Heinz, der Gitarrist, machte noch an seinem Verstärker herum, fiel aber schließlich auch mit ein. Nur Tom, der Junge mit dem Banjo, glänzte bis jetzt durch seine Abwesenheit. Ein paarmal langte einer der Spieler daneben, aber sie kamen nicht aus dem Rhythmus und schafften es auch, die Melodie von ›Riders in the Night‹ bis zum Ende durchzuhalten.
»Na, geht doch ganz prima«, rief Pit.
»Tja, vielleicht wurde soeben eine neue Musikgruppe gegründet«, meinte Miles fröhlich lächelnd. »Ich muß sagen, ich hab' schon mit schlimmeren Amateuren gespielt.«
Die anderen wußten nicht so recht, ob sie das als Kompliment oder als Beleidigung auffassen sollten. Um keine Mißstimmung aufkommen zu lassen, sagte Pepper schnell: »Noten braucht ihr wohl gar nicht?«

»Wir stimmen uns so ab«, entgegnete Miles obenhin und legte seine Trompete in ein mit rotem Samt ausgeschlagenes Futteral. »Gut, ich bring' euch hin«, sagte Pepper, »allerdings nur bis in die Nähe, der Eberswald würde mich ja sofort wiedererkennen...« Es wurde ziemlich eng in Peppers blau-gelb gestrichenem Kombi. Aber die Stimmung war gut. Jonny, der hinten saß, trommelte den Takt eines Songs auf der Rückenlehne des Beifahrersitzes, Pit pfiff die Melodie dazu, und die anderen begannen, verschiedene Instrumente zu imitieren. Selbst Pepper fiel ein und machte eine schwere Tuba nach.

Der Wagen erreichte die Einfahrt zur Stadtautobahn. Die Zufahrt senkte sich ein wenig. Auf der zweispurigen Straße war viel Verkehr. Pepper, der beschleunigt hatte, weil er glaubte, sich zwischen zwei fahrende Autos einreihen zu können, mußte plötzlich bremsen. Aber das Pedal ließ sich ohne Widerstand bis zum Bodenblech durchdrücken, ohne daß sich die Geschwindigkeit verminderte. Arnica stieß einen spitzen Schrei aus, Jonny klammerte sich entsetzt an die Rückenlehne des Beifahrersitzes. Pit saß wie erstarrt da. Pepper griff nach der Handbremse und zog sie an. Der Wagen brach nach rechts aus, wurde an die Straßeneinfassung geworfen, von dort zurückgeschleudert und trieb nun quer zur Fahrbahn auf die Schnellstraße zu. Einige Fahrer hupten entsetzt. Pepper versuchte zu steuern, aber der Wagen sprach nicht darauf an. Er schob jetzt quer über die Stadtautobahn. Nur Millimeter hinter dem Heck schoß ein Lastwagen vorbei. Auf dem Grünstreifen bockte das Fahrzeug noch einmal und warf das Heck hoch wie ein störrisches Pferd die Hinterbeine. Jonnys Trommeln wurden durcheinandergewirbelt und gaben seltsame Töne von sich. Knapp vor der inneren Leitplanke kam der Wagen zum Stehen. Pepper war bleich und schweißgebadet. Seine Hände zitterten.

»Diese Schweine, diese gemeinen Schweine«, schrie er.

»Was war denn?« fragte Pit, der als erster die Fassung wiedererlangte.

»Die Bremse. Irgendwer muß die Bremsleitung kaputtgemacht haben. Das Pedal rutschte durch wie nichts.«
Miles beugte sich nach vorne. »Sie glauben, daß es jemand auf Sie abgesehen hat?«
»Ja, gestern wurde ein Mann aus dem Gefängnis entlassen, der Rache gegen mich geschworen hat.«
Ein Polizeiwagen hielt hinter Peppers Auto. Die Beamten hatten das Blaulicht und das Martinshorn eingeschaltet. Jetzt kam einer der Uniformierten nach vorne. »Alles in Ordnung?« fragte er durch die Tür, die Pit einen Spalt weit geöffnet hatte.
»Das wäre übertrieben«, brummte Pepper, »aber von uns ist wenigstens niemand verletzt.«
»Ach, Herr Pepper, Sie?« rief der Polizist überrascht.
»Ja, ich«, knurrte der Detektiv.
»Lange nicht gesehen«, sagte der Polizist freundlich.
»Wollen wir hier Konversation machen, oder was?« gab Pepper zurück. Er stieß die Fahrertür auf, die krachend gegen die Leitplanke schlug. »Steig mal bitte aus, Pit, daß ich bei dir raus kann!« sagte der Detektiv.
Als alle draußen standen, wandte sich Pepper an den Beamten: »Also, passen Sie mal auf. Diese jungen Leute müssen einen wichtigen Termin wahrnehmen. Wir haben bei dieser Geschichte niemanden geschädigt. Die Leitplanke hat auch nichts abbekommen. Da brauchen Sie also gar nicht erst einen Unfall aufzunehmen. Ich lasse mein Fahrzeug abschleppen, wenn Sie so freundlich sind, mir einen Abschleppwagen zu rufen. Und Sie bringen die Dame und die Herren Musiker mit ihren Instrumenten zur Kreuzstraße.«
Der Beamte kniff die Augen zusammen. »Sie sind zwar nicht mehr bei der Polizei, Pepper, aber befehlen können Sie noch genauso wie damals, was?«
»Befehlen nennen Sie das, wenn ich Ihnen ganz untertänig eine Bitte vortrage?«
Der Polizist mußte unwillkürlich lachen, und alle anderen stimm-

ten ein. Das wirkte wie eine Erlösung. Erleichtert stiegen die jungen Leute in den VW-Bus der Polizei um, während Pepper umständlich sein Warndreieck aufstellte und sich eine Pfeife anzündete. Dann setzte sich der Detektiv auf die Leitplanke, rauchte und dachte nach.

Zenker oder Eberswald, das war die Frage. Oder gab es noch andere, die ihm ans Leben wollten? In seinem Inneren kochte er vor Wut, obwohl er ganz gleichmütig aussah, wie er da mitten im Grünstreifen auf der Leitplanke saß, während Hunderte von Autos an ihm vorbeirauschten. Nicht auszudenken, was den jungen Leuten hätte passieren können, wenn er nicht so unverschämtes Glück gehabt hätte. Der Lastwagen, der hinter dem Heck des Wagens vorbeigeschossen war, hätte sie voll auf die Hörner genommen, wenn er nur den Bruchteil einer Sekunde schneller gewesen wäre. Pepper schauderte. Der Zorn in ihm wuchs. Er mußte herausfinden, wer hinter den Anschlägen steckte.

Pit bat die Polizeibeamten, zwei Querstraßen vor der Kreuzstraße anzuhalten. Arnica und die Jungen bedankten sich. Dann marschierten sie los.

Vor dem Eckhaus stand ein großer amerikanischer Wagen. Als die jungen Leute mit ihren Instrumenten auftauchten, wurde die Fahrertür aufgestoßen, und ein etwa 35jähriger Mann in einem eleganten, leichten Anzug sprang heraus. Er hatte ein braungebranntes Gesicht, einen buschigen Schnurrbart und seltsam helle Augen. Sein Gesicht war gut geschnitten, das lockige braune Haar frisch gewaschen und sorgfältig geföhnt.

»Da seid ihr ja«, rief der Autofahrer. Er sah auf seine teure goldene Uhr. »Nicht ganz pünktlich allerdings.«

Pit murmelte etwas von einer Straßenbahn, die Verspätung hatte. Aber der Mann ging locker darüber hinweg. »Ich bin also Horst Eberswald.«

»Gehört Ihnen das Haus?« fragte Arnica.

»Nein, leider nicht, aber ich verwalte es – sozusagen. Mit wem habe ich telefoniert?«
Pit meldete sich.
»Dann bist du also Peter Küster. Gut. Ich nehme an, daß du dann auch der Manager der Band bist.«
»Sozusagen«, entgegnete Pit.
»Okay, über den Mietvertrag reden wir nachher. Jetzt zeig' ich euch erst mal die Räume.«
Er stieß die schwere Tür auf, die in ein schönes altes Jugendstiltreppenhaus führte. Heinz schnüffelte. »Hier riecht's aber komisch.«
»Ja, wir hatten letzte Woche ein kleines Feuer mit einer gewaltigen Rauchentwicklung. Die Leute sind schreiend aus dem Haus gerannt. Ein paar davon husten heute noch!« Eberswald brach in schallendes Gelächter aus, das ebenso plötzlich abbrach wie es begonnen hatte. »Ja«, sagte er nüchtern, »das war so eine Sache. Auch einen Wasserschaden hatten wir. Aber das braucht euch alles nicht zu stören. Eure Proberäume sind wasser- und feuerfest. Garantiert. Und sie haben eine erstklassige Akustik.« Jetzt stieß er eine zweiflügelige Tür im ersten Stock auf. Sie standen in einer geräumigen Diele, von der fünf Türen abgingen. Alle waren offen, und man konnte in schöne, hohe Zimmer schauen.
»Und welches ist nun unser Proberaum?« fragte Miles.
»Ihr habt freie Wahl. Die Wohnung ist leer.«
»Was, alles?«
»Klar.«
»Nein«, sagte Pit, »das können wir nicht bezahlen. Außerdem: So viele Leute suchen Wohnungen...«
»Laß das mal meine Sorge sein«, sagte Eberswald scharf, »die Wohnung kann man nicht mehr vermieten, weil in ein paar Monaten schon die Abbrucharbeiten beginnen. Deshalb kann ich euch auch die Proberäume billig überlassen. Eine kleine Miete, so eine Art Schutzgebühr reicht mir.«

»Wieviel?« fragte Heinz.
»50 Mark im Monat.«
»Was?« riefen alle wie aus einem Mund. Jeder von ihnen kannte die Mietpreise. Eine Wohnung in dieser Größe kostete im Monat mindestens 800 Mark, auch wenn sie in keinem besonders guten Zustand war.
»Ich bin Musikliebhaber«, sagte Eberswald mit einer großartigen Geste. »Laßt mal hören, was ihr könnt. Vielleicht schenke ich euch die Miete sogar. Übt ihr denn regelmäßig?«
Pit bekam einen listigen Zug um die Augen. »Jeden Tag, allerdings abends, und manchmal wird's da auch schon mal zehn oder elf Uhr.«
»Na, wunderbar!«
»Glaube ich nicht«, sagte Pit, »die Mieter werden sich bestimmt beschweren.«
Eberswald machte eine geringschätzige Handbewegung.
»Die beschweren sich so oder so dauernd. Darauf müßt ihr gar nicht achten. Ihr habt von mir die Erlaubnis, hier zu proben, also könnt ihr proben, so lange und so laut ihr wollt.«
Pit nickte. »Hört sich nicht schlecht an.«
»Jetzt bin ich aber gespannt, wie ihr euch anhört.«
Sie bauten rasch ihre Instrumente auf. Jonny schlug seinen ersten Wirbel, und zwar fortissimo. Miles spielte eine helle, klare Kadenz, und Arnica ließ einen lang anhaltenden Triller darüber schweben. Heinz stellte seinen Verstärker hoch und schlug die ersten Akkorde. Eberswald klatschte in die Hände. Er war begeistert. Plötzlich begann er zu tanzen, wobei er die Hände hoch über den Kopf hielt und sie rhythmisch gegeneinanderschlug. Er tanzte auf die Tür zu. Von dort aus rief er: »Weitermachen, Leute, das gefällt mir! Das gefällt mir sogar ausgezeichnet. Weitermachen, immer weitermachen!« Die Tür fiel ins Schloß. Horst Eberswald war verschwunden. Die kleine Band musizierte weiter, bis die Tür wieder aufgestoßen wurde.

Eine alte Frau und ein alter Mann standen zitternd auf der Schwelle. Miles gab ein Zeichen. Die Musik brach ab.
»Was ... was ... was machen Sie denn hier?« fragte der Mann.
Arnica ging zum Fenster und schaute hinaus. Die amerikanische Limousine war weg.
»Wir machen Musik«, sagte Jonny.
»So, das nennt man neuerdings Musik?« fragte die Frau entsetzt.
Pit ging zu den beiden hinüber und sagte: »Herr Pepper schickt uns.«
»Was, der Detektiv?« Der Mann starrte ihn ungläubig an.
Pit erklärte rasch, wie alles zusammenhing. Mit der Zeit beruhigten sich die beiden alten Leute. Ihre entsetzten Mienen verwandelten sich in ein Strahlen. Sie rieben sich die Hände, und die Frau sagte: »Das muß ich gleich den anderen erzählen. Das ist einmal eine gelungene Idee. Wunderbar. Also, dieser Pepper!«
Sie trippelte hinaus und stieg ein wenig mühsam die Treppe hinauf. Eine Viertelstunde später hatte sich ein Großteil der Hausbewohner versammelt. Neben dem alten Ehepaar, das Herdach hieß, ein Lehrer mit seiner Frau, die als Buchhändlerin arbeitete, zwei Gastarbeiterfamilien mit insgesamt sechs Kindern, ein Schauspieler namens Krenemowitch, der zwar kein Engagement hatte, früher aber einmal beim Film gewesen war, und Herr und Frau Melchior, das Hausmeisterehepaar.
Die Band versuchte es zwischendurch mit Musik, die von den Hausbewohnern vorgesungen wurde. Herr Herdach kannte uralte Schlager mit Titeln wie ›Wer hat den Käse zum Bahnhof gerollt?‹ oder ›Was macht der Maier am Himalaja?‹ Seine Frau wünschte sich ›Am Brunnen vor dem Tore‹, der junge Lehrer verlangte nach ›We don't need no Education‹, und der Schauspieler wünschte sich Operettenlieder, die er laut mitsang. Es wäre fast ein Fest daraus geworden.
Horst Eberswald kam etwa eine Stunde später zurück, parkte seinen Wagen direkt vor der Haustür, horchte hinauf zum ersten

Stock, wo Jonny gerade ein Schlagzeugsolo zum besten gab, nickte zufrieden und betrat das Treppenhaus. Nachdem die Tür ins Schloß gefallen war, blieb Eberswald einen Augenblick stehen, sah und hörte sich sichernd um und schritt dann schnell zu einer schmalen Treppe, die in den Keller führte. Er trug eine alte, abgeschabte Aktentasche unter dem Arm.

Leise vor sich hin pfeifend, stieg er in das Kellergeschoß hinab. Er durchschritt einen langen, dunklen Korridor, kam an eine Sperre aus zwei rot-weiß gestreiften Latten, wie sie zur Abschrankung von Baustellen verwendet werden, rückte sie zur Seite und ging weiter, nachdem er das Lattenkreuz wieder genauso aufgestellt hatte, wie es zuvor gewesen war. Am Ende des Ganges befand sich eine bogenförmige Tür aus schwerem Eichenholz, deren Beschläge und Angeln verrostet waren. Eberswald zog einen unförmigen Schlüssel aus der Tasche und steckte ihn ins Schloß. Bevor er öffnete, leuchtete er mit einer starken Taschenlampe den Kellergang und die Umgebung der Tür genau ab. Jetzt war zu sehen, daß das Eichenholz mit Schimmel überzogen war. Die schwere Tür machte keinerlei Geräusch, als sie aufschwang.

Eberswald drückte auf einen Lichtschalter. Nach kurzem Zucken und Zögern flammte eine helle Neonleuchte auf und tauchte einen riesigen Gewölbekeller in gleißendes weißes Licht. Eberswald zog die Tür hinter sich zu. In der Mitte des Kellers stand ein weißer, quaderförmiger Block, der etwa drei Meter hoch war und Seitenlängen von sechs Metern hatte. Solche Kammern kann man bei Spezialfirmen als Kälte- oder Klimaräume kaufen. Supermärkte lagern darin bei gleichbleibender Temperatur Obst und Gemüse. Der weiße Block gab dem Gewölbekeller etwas Absurdes. Unter dem hellen Licht der Neonröhren wirkte er wie ein Fremdkörper. Eberswald schloß eine schmale Tür auf, die sich mit einem schmatzenden Geräusch öffnete. Er verschwand in dem quaderförmigen Block, und die Tür schob sich hinter ihm mit dem gleichen Geräusch zu.

Das Innere des quadratischen Raumes wirkte nüchtern. An der Decke brannte eine schwache Lampe. Heller leuchtete ein Licht, das auf eine Art Werkbank fiel, vor der ein dünner, grauhaariger Mann saß, der jetzt, ohne sich umzusehen, sagte: »Guten Abend, Horst.«

»Ich habe die Platten besorgt«, sagte der Neuankömmling.

Noch immer sah der Mann nicht auf. »Gute Qualität?« fragte er über die Schulter.

»Ich verstehe zu wenig davon.«

Eberswald öffnete die alte Aktentasche und zog ein flaches Paket heraus, das in viele Schichten Zeitungspapier gewickelt war. Vorsichtig schlug er die Verpackung auseinander und legte vier glänzende, spiegelblank polierte Platten auf den Tisch. Der grauhaarige Mann hob jetzt den Kopf, zog seine Brille, die er auf die Stirn geschoben hatte, herunter und rückte sie auf der Nase zurecht. Dann beugte er sich gespannt über die Platten, ohne sie anzufassen. »Mhm«, machte er, »nicht schlecht, gar nicht schlecht!«

Er streifte ein Paar schwarze, seidene Handschuhe über und hob eine der Platten unter die helle Tischlampe, die an seinem Arbeitsplatz angebracht war. »Damit kann man arbeiten.« Er nickte ein paarmal.

»Na, Gott sei Dank«, sagte Eberswald.

Der Grauhaarige stand auf, stemmte beide Hände flach in den Rücken und streckte sich. »Ich bin ganz krumm.«

»Wie weit bist du denn?«

»Na ja, jetzt kommt die Gravur, das ist das schwierigste. Ich hab' den ganzen Tag am Wasserzeichen gebastelt. Das wird gehen. Wir haben keine andere Wahl, als es einzudrucken. Das Papier ist allererste Qualität. Probleme habe ich noch mit dem Metallfaden, der durchlaufen muß.«

»Wie lange noch?« fragte Eberswald.

Aber der Grauhaarige ließ sich nicht unterbrechen. »Wenn du dich entschließen könntest, Hunderter zu drucken.«

»Ausgeschlossen, Kastinger, das Risiko ist zu groß. Fünfzigmarkscheine sind unauffällig. Kein Fälscher geht höher, wenn er einigermaßen bei Verstand ist.«
»Na ja, das ist deine Sache«, sagte der Mann, den Eberswald mit Kastinger angesprochen hatte. »Du mußt das Zeug ja verhökern.«
»Ich hab' einen Mann in der Schweiz aufgetan. Der nimmt die Blüten im Verhältnis 1:5 – er zahlt also zwanzig saubere Mark für hundert Mark Blüten.«
Kastinger nickte. »Gut, ein besseres Angebot werden wir wohl kaum kriegen.«
»Also, wie lange brauchst du noch, bis wir andrucken können?«
»Du darfst nicht ungeduldig werden.« Kastinger ging zu einer Druckpresse, die an der Wand stand, und klopfte auf den glattpolierten Metalltisch. »Ich hab' einmal zu früh angefangen, und das hat mir fünf Jahre Gefängnis eingebracht. Gedruckt wird, wenn das Risiko so klein wie möglich ist, und keinen Tag vorher.«
»Ich will dich ja nicht drängen, Kastinger...«
»Aber genau das tust du, Eberswald. Wenn du die notwendige Geduld nicht hast, sag es lieber gleich, dann brechen wir das Experiment ab.«
»Abbrechen? Du bist wohl nicht ganz bei Trost. Allein in das Papier hab' ich 30000 Mark investiert!«
»Gut, dann laß mich in Ruhe arbeiten, ja?«
Eberswald hob beschwichtigend beide Hände. »Natürlich, es ist ja nur, weil mein Abnehmer in der Schweiz nicht mehr allzulange warten will.«
Er setzte sich auf einen Hocker und zog einen Streifen Kaugummi aus der Tasche. Kastinger wandte sich zu ihm um.
»Man sollte es einmal mit der guten alten Falschmünzerei probieren.«
»Womit?«
»Die Herstellung der Gußform ist ganz einfach, das Gegenstück hat man ja. Man braucht nur einen Wachsabdruck zu nehmen und

die so erhaltene Form exakt nachzubilden. Viel schwieriger ist es allerdings, den Prägestock zu basteln.«
»Mann, das bringt doch nichts. Das Metall ist doch schon so teuer wie nachher die Münze. Willst du etwa Fünfmark- oder gar Zweimarkstücke herstellen?«
»Nein, ich würde eine echte Fälschung machen.«
»Was?«
»Ja, so nennt man das. Gemeint ist damit die Nachbildung von Goldmünzen. Diese Nachbildung gleicht dem Original wie ein Ei dem anderen – die gleiche Prägung, dasselbe Gewicht, der gleiche Goldgehalt. Alles ganz genau wie beim Original.«
Eberswald lachte spöttisch. »Was für ein Blödsinn. Dann sind die Dinger ja genauso teuer in der Herstellung oder noch teurer.«
Kastinger musterte seinen Partner über den Rand seiner Brillengläser hinweg. »Münzgold hat schon immer einen höheren Wert gehabt als Barrengold. Man verdient an den Münzsammlern. Nimm mal an, ich präge einen Mariatheresientaler. Goldwert vielleicht 70 Mark – das weiß ich jetzt nicht so genau. Sammlerwert über 10000 Mark!«
Eberswald sprang auf und starrte Kastinger überrascht an, der ruhig weitersprach: »Und man braucht noch nicht einmal einen Zwischenhändler. Du bietest das Ding oder die Dinger bei einer Auktion an oder direkt einem Münzensammler oder einer Bank. Die Dinger sind ja echt, da ist nichts Falsches dran, außer natürlich das Datum der Herstellung.«
Kastinger hatte ein vergnügtes, listiges Lächeln auf dem Gesicht.
»Das ist genial. Einfach genial!« rief Eberswald ganz aufgeregt.
»Was brauchst du für einen solchen Prägestock?«
Kastinger wedelte mit dem Zeigefinger. »Laß mal, immer schön eines nach dem anderen. Jetzt gravieren wir erst einmal in aller Ruhe diese Platten da, dann drucken wir die Scheinchen an, und wenn sie etwas taugen, gehen wir damit in Serie. Erst danach wenden wir uns neuen Ideen zu.«

Kastinger ging zu seinem Arbeitstisch zurück, nahm aus einer Schublade feine Putzwolle, breitete sie sorgfältig auf der Arbeitsplatte aus und legte die Platten ordentlich nebeneinander.
»Kann ich dir noch irgend etwas bringen?« fragte Eberswald.
»Danke, ich habe, was ich brauche.«
»Da wäre noch etwas«, sagte Eberswald zögernd.
»Ja?« Kastinger war so sehr mit seinen Vorbereitungen beschäftigt, daß er kaum noch hinhörte.
»Ein gewisser Zenker ist aufgetaucht...«, weiter kam Eberswald nicht.
Eine der Platten fiel mit einem hellen Klirren zu Boden. Kastinger war herumgefahren. Sein Gesicht hatte sich völlig verändert. Die Augen waren breit aus den Höhlen getreten, die Hautfarbe war fast bläulich geworden. Er rang nach Luft und riß mit einer heftigen Bewegung den obersten Knopf seines Hemdes auf.
»Was... was... was sagst du da?« stieß er hervor.
»Was hast du denn, Kastinger?«
»Zenker, ich denke, der hat noch ein oder zwei Jahre...«
»Man hat ihm einen Straferlaß gewährt.«
»Mein Gott!«
»Jetzt fang dich doch. Was schafft dich denn so? Zugegeben, er hat nach dir gefragt. Woher kennst du diesen Zenker eigentlich?«
»Ich werde hier unten bleiben und den Keller vorerst nicht verlassen. Du mußt mir alles bringen, was ich brauche. Ich mache dir eine Liste, ja? Bitte, frage mich nicht. Ich bleibe hier und arbeite. Du wirst dich nicht zu beklagen haben. Ganz bestimmt nicht. Ich arbeite Tag und Nacht. Ich verlasse den Keller erst, wenn ich fertig bin.«
Kastinger setzte sich auf einen Hocker und wischte mit dem Hemdärmel den Schweiß von der Stirn.
Eberswald hob die Schultern. »Mir kann's nur recht sein.« Er bückte sich, hob die Platte auf und drehte sie unter der Arbeitslampe hin und her. »Die hat was abgekriegt«, sagte er.

»Nicht schlimm«, antwortete Kastinger hastig. »Ich polier' das wieder raus. Wenn du mich jetzt bitte weiterarbeiten läßt.«
Eberswald verließ kopfschüttelnd den Würfel. Das war dem Kastinger ganz schön in die Knochen gefahren. Eberswald nahm sich vor, diesem Zenker näher auf den Zahn zu fühlen.
Er stieg die Treppe hinauf. Von oben drang noch immer Musik. Im Augenblick war zwar nur leise Arnicas Flöte zu hören, begleitet von leisen Gitarrenakkorden, aber die jungen Leute mußten ja auch einzeln üben, das sah er ein. Zufrieden schaute er auf die Uhr. Wenn die jeden Tag so lange übten, hatte er bald erreicht, was er wollte. Sein Zeitplan war exakt zurechtgelegt. Wenn Kastinger damit begann, die Blüten zu drucken und zu bündeln, mußte das Haus leergeräumt sein. Dann wollte er noch vier Wochen warten, ehe die Maschinen anrollten, um das Haus einzureißen. Alle Spuren der Falschgeldwerkstatt sollten mit dem ganzen Gebäude verschwinden. Wenn man nach Monaten oder Jahren eine Spur fand, die auf das Eckhaus in der Kreuzstraße hinweisen würde, stand da längst ein neues Gebäude.
Zufrieden rieb sich Eberswald die Hände, als er auf die Straße hinaustrat. Alles lief wie am Schnürchen. Und nun schien auch noch der Frühling zu kommen. Die Luft war lau, und es roch nach Flieder – oder bildete er sich das nur ein? Er war ein Sonntagskind, ganz zweifellos.
Seine Stirn umwölkte sich nur einen Augenblick lang, als er an diesen Detektiv dachte, der ihm vor zwei Tagen auf die Bude gerückt war. Was der Kerl sich einbildete. Doch den schaffte er mit links!
Er horchte noch einmal zum ersten Stock hinauf. Es klang, als ob Beifall geklatscht würde. Seltsam. Aber Eberswald stieg in sein Auto und dachte nicht weiter darüber nach. Er wollte noch in die Altstadt fahren und nach diesem Zenker fragen. Derzeit konnte er es nicht brauchen, wenn Kastinger sich verunsichert fühlte.

Haie und kleine Fische

Pepper war mit dem Abschleppwagen mitgefahren und hatte noch zugesehen, wie sein angeschlagenes Auto auf dem Hof einer Karosseriewerkstatt abgeladen worden war. Es war schon nach acht Uhr abends, als er die Werkstatt verließ und durch ein paar enge, verwinkelte Straßen ins Stadtzentrum ging. Er genoß die laue Luft. Wie er waren viele Leute unterwegs. Es schien, als ob alle den beginnenden Frühling nicht versäumen wollten. Zwar war es noch zu früh, um die Stühle in den Straßencafés herauszustellen. Aber man konnte gut ohne Mantel durch die Straßen flanieren. Pepper freilich hatte ein Ziel. Er steuerte ein kleines Lokal an, das in einem schmalbrüstigen, kleinen Fachwerkhaus untergebracht war. Er mußte sich unter dem Türbalken bücken, als er es betrat. Rauchschwaden und Stimmengewirr schlugen ihm entgegen. Es roch nach Essen. Paul Pepper stellte fest, daß er den ganzen Tag nichts Richtiges gegessen hatte. Die paar belegten Brote, die er um die Mittagszeit gemacht hatte, waren von Jonny, Pit und Arnica so schnell verdrückt worden, daß der Teller schon leer war, als er selbst nach einem Brot greifen wollte.

Pepper fand keinen freien Tisch und setzte sich deshalb auf einen hohen Hocker am Tresen. Er bestellte ein Paar Bratwürste mit Kartoffelsalat und ein kleines Bier. Langsam drehte er sich um. Er stützte dabei den Ellenbogen auf die Kante des Tresens. Wie hatte Zenker ausgesehen? Klein, untersetzt, muskulös, durchtrainiert. Seine Augen, daran erinnerte sich Pepper genau, hatten etwas Verschlagenes. Sein Gesicht verriet, daß er stets angespannt war. Zenker hatte hintereinander in drei Juwelierläden eingebrochen. Die Polizei stand vor einem Rätsel. Deshalb hatte damals die Versicherung Pepper engagiert, und die Juweliere hatten sich der Versicherung angeschlossen. Es war gar nicht so schwierig gewesen,

Zenker auf die Spur zu kommen. Pepper half dabei eine seiner besten Eigenschaften: seine Geduld.

Er legte sich auf die Lauer wie eine Katze. Tage, Nächte, Wochen, einen Monat. Er hatte sich genau ausgerechnet, welcher Juwelier für den Einbrecher noch in Frage kam, falls der in der Stadt weitermachte. Am 43. Tag endlich hatte sich Peppers Zähigkeit und Ausdauer gelohnt. Abende und Nächte hatte er das Geschäft des Juweliers Zorn beobachtet. Er kannte längst jeden Millimeter an diesem und den umliegenden Gebäuden. Er wußte, wann wer nach Hause kam, in welchen Familien der Haussegen schief hing, wo Kinder sich mit ihren Eltern dauernd stritten und wo man sich gut vertrug. Das Viertel rund um das Juweliergeschäft Zorn kannte Paul Pepper besser als seine Hosentasche.
In der Nacht vom 43. zum 44. Tag hielt ein unauffälliger Kleinwagen an der Einmündung der Gasse in die Tauberstraße. Ein kleiner, untersetzter Mann stieg aus. Pepper drückte sich in eine Nische und beobachtete den Mann, der sich aufmerksam umsah. Eine Kirchturmuhr schlug elf. Eine zweite folgte, dann eine dritte. Pepper dachte einen Augenblick darüber nach, warum es nirgendwo zu schaffen war, daß die Kirchenuhren exakt zum gleichen Moment den Stundenschlag begannen.
Dann hörte er kurze, schnelle Schritte in der Gasse. Vorsichtig schob er seinen Kopf ein wenig vor.
Alle Ermittlungen der Polizei hatten ergeben, daß der Juwelenräuber allein arbeitete.
Der kleine Mann ging an dem Juweliergeschäft vorbei. Pepper hatte die Tür hinter sich aufgeklinkt und war in den Korridor dahinter geschlüpft.
Die Schritte verhallten.
Pepper verließ sein Versteck und trat wieder in die Nische. Der Mann war wie vom Erdboden verschluckt.
Nun, wenn er bei Zorn einbrach, konnte er Pepper nicht entgehen,

denn er hatte einen Schlüssel zu einer Tür, durch die man von hinten in den Laden gelangen konnte. Pepper überquerte die Gasse. Eine Katze huschte vor ihm vorbei und fauchte leise. Wo war das Tier hergekommen? Wer hatte es aufgescheucht? Pepper blieb eine Sekunde stehen. Er hörte ein leises Klirren. Kaum vernehmbar war es. Dann folgte ein scharrendes Geräusch. Die Stadt rund um Pepper schien ausgestorben zu sein. Kein Mensch außer ihm war in der Gasse. Auch vorne auf der Tauberstraße fuhr nur ab und zu ein Auto vorbei.

Pepper mußte durch einen schmalen Durchlaß zwischen zwei Häusern. Seine Schultern berührten links und rechts die Häuserwände. Der grobe Putz scheuerte an seinen Jackenärmeln. Die Hintertür war kaum 60 Zentimeter breit und hatte im oberen Drittel eine dicke Glasscheibe, die mit einem Gitter gesichert war. Pepper schob den Schlüssel ins Schlüsselloch. Da! Das war wieder dieses leise Klirren, das klang, als ob jemand ein Weinglas abstellte. Pepper drückte die Tür auf und fluchte stumm, als sie in den Angeln ächzte. Er zwängte sich hinein, schloß die Tür sorgfältig und ging durch eine kleine Werkstatt, in der zwei Goldschmiedetische mit den typischen halbkreisförmigen Einbuchtungen standen. Zwischen Werkstatt und Laden befand sich noch der sogenannte Personalraum, in dem einige spindförmige Schränke, eine Couch, zwei Sessel und ein alter, niedriger, nierenförmiger Tisch standen. Der Detektiv entdeckte auf dem Tisch zwei leere Kaffeetassen. Ein Teppich dämpfte Peppers Tritte.

Mit drei Schritten hatte er den Raum durchquert und langte nun bei einem schweren Vorhang an, hinter dem die Tür zum Laden war. Pepper verharrte und legte sein Ohr an die Tür. Aus dem Laden drang ein leises, zischendes Geräusch. Pepper schob behutsam den Schlüssel in das erste der beiden Sicherheitsschlösser. Er zwang sich, gleichmäßig zu atmen, eine Übung, die sich immer bewährte, wenn es darum ging, die Hände zu beruhigen. Der Schlüssel glitt geräuschlos hinein und ließ sich auch ohne Lärm drehen.

Auch das zweite Schloß erwies sich als gut geölt. Pepper schob die Tür vorsichtig auf.
Jetzt hörte er ein leises Pfeifen. Der Einbrecher schien guter Laune zu sein. Er pfiff eine Melodie aus dem Musical: ›My Fair Lady‹: ›Es grünt so grün, wenn Spaniens Blüten blüh'n.‹
Deine Blütenträume werden augenblicklich ganz schnell welken, dachte Pepper grimmig und stieß die Tür vollends auf. Der kleine, untersetzte Mann kniete vor einem schweren Tresor, der versteckt hinter der Täfelung angebracht war.
Pepper sah neben dem Einbrecher einen Metalldetektor liegen und wußte im gleichen Augenblick, wie er den Geldschrank gefunden hatte. Das Zischen kam von einem Schneidbrenner, der aus einer Gas- und einer Sauerstoffflasche gespeist wurde, die der Einbrecher auf dem Rücken trug.
Pepper lehnte sich in den Türrahmen, zog seinen Revolver aus dem Halfter und wog ihn lässig in der Hand.
Der Einbrecher machte den Schneidbrenner aus. Ein leiser Knall, dann herrschte Totenstille. In diese Stille hinein sagte Pepper mit ruhiger Stimme: »Keine Bewegung. Stehen Sie auf, heben Sie die Hände über den Kopf. Ich habe meine Waffe auf Sie gerichtet.«
Der Einbrecher wandte sein Gesicht Pepper zu. Sekundenlang starrte er ihn an, als ob er die allergrößte Mühe hätte zu begreifen, was geschah.
»Aber...«, sagte er. Sonst nichts. Doch eine Sekunde später war er auf den Beinen. Im gleichen Augenblick sprang der Schneidbrenner an. Die Flamme schoß mit einer kleinen Explosion hervor und wurde länger und immer länger. Pepper war einen Moment wie gelähmt. Dann schoß er. Er zielte bewußt nicht auf den Mann, sondern gegen die Decke. In dem geschlossenen Raum machte der Revolver einen ungeheuren Lärm. Die Flamme erlosch. Der Schneidbrenner fiel zu Boden. Der Einbrecher hob die Hände. Pepper legte ihm Handschellen an. Eine Viertelstunde später war Rübenach erschienen und hatte Peppers Gefangenen übernom-

men. – Übelgelaunt hatte Rübezahl geknurrt: »So was schafft auch nur einer, der nichts Besseres zu tun hat, als Tag und Nacht irgendwo herumzulungern.«

Pepper hatte nicht geantwortet. Er war nur erleichtert. Endlich würde er wieder nachts schlafen und tags arbeiten können.

Vor Gericht stellte sich dann heraus, daß der Einbrecher Fritz Zenker hieß und daß seine Beute aus den früheren Einbrüchen, die er übrigens hartnäckig abstritt, nirgendwo zu finden war. Peppers Prämie reduzierte sich dadurch auf 43 Tagessätze à 365 Mark. Immerhin 15695 Mark. Wenn er das Diebesgut gefunden hätte, wäre er mit 1,5 Prozent der Schadenssumme belohnt worden. Und da sich der Schaden auf 5 Millionen Mark belief, wären das 75000 Mark gewesen. Pepper hatte schon von einem neuen Campingbus geträumt und von einer Sauna, die er in den Garten stellen wollte.

Im Prozeß war es dann zu jenem Ausbruch Zenkers gekommen, in dessen Verlauf er Pepper bedrohte, er werde sich rächen. ›Du wirst noch lange an mich denken, Pepper!‹ schrie er außer sich. ›Gemeiner, hinterhältiger Lump. Schnüffler. Legt sich auf die Lauer wie ein räudiger Hund. Aber ich krieg' dich. Verlaß dich drauf. Ich krieg' dich, du Schweinehund!‹

Pepper, der im Zeugenstand war, drehte sich zu dem Angeklagten um und sagte mit erzwungener Ruhe: ›Ich kann verstehen, daß Sie sauer auf mich sind, Zenker. Aber ich mache auch nur meinen Beruf – wie Sie!‹

Das hatte ihm ein paar Lacher beim Publikum eingebracht, aber Zenker hatte er damit nicht milder stimmen können.

Dies alles war ihm durch den Kopf gegangen, während er auf seine Bratwürste wartete. Er war nicht von ungefähr hierhergekommen. Früher hatte Zenker hier regelmäßig verkehrt. Die Tochter des Wirts war mit ihm befreundet gewesen. Pepper wußte natürlich, daß die Polizei Zenker beschattete, aber einer wie der hatte wenig

Mühe, einen Beschatter abzuschütteln. Einer wie Zenker hatte auch kein Problem damit, Unterstützung zu finden. Jeder kleine Ganove wußte, daß der Zenker noch irgendwo einen Millionenschatz vergraben hatte, und da wäre jeder gerne dabei gewesen, wenn Zenker ihn hob. Pepper auch. Denn für ihn hätte das 75 000 Mark bedeutet.

Die Bratwürste schmeckten fad. Pepper aß nur eine davon und schob den Teller zurück.

»Schmeckt's Ihnen nicht?« fragte der Wirt.

»Machen Sie sich nichts draus«, brummte Pepper, »ich leide zur Zeit an Appetitlosigkeit.«

»Da hilft Blutwurzeltee!« sagte der Wirt.

»Was hilft da?«

»Ein altes Hausmittel. Blutwurz – gibt's als Tee und als Schnaps.«

»Aha«, sagte Pepper nur scheinbar interessiert. »Sagen Sie, der Fritz Zenker...«

Die Augen des Wirtes wurden schmal. Er richtete sich unmerklich auf, und seine Hände umfaßten den Zapfhahn ein wenig fester. »Ja, was ist mit dem?«

»War er in diesen Tagen mal hier?«

Der Wirt lachte. »Ja, wie denn? Der sitzt doch!«

»Nicht mehr.«

»Was, ehrlich?«

»Er ist seit drei Tagen draußen.«

»Ausgeschlossen.«

»Ich weiß es aber ganz sicher.«

»Da wär er doch schon hier gewesen.«

»Er wird seine Gründe haben.«

Der Wirt musterte Pepper. »Sie sind von der Polizei?«

»Nein.«

»Was denn?«

Pepper antwortete nicht. Er trank einen Schluck Bier. »Wenn er nicht zu Ihnen kommt, wo geht er dann hin?«

»Weiß ich nicht. Und wenn ich's wüßte, würde ich's Ihnen nicht sagen.«
»Anständig von Ihnen«, sagte Pepper und legte einen Zehnmarkschein auf den Tresen. Der Wirt gab ihm heraus, und Pepper tippte mit der Hand gegen die Schläfe. »Also dann!«
Er verließ das Lokal, überquerte die schlecht ausgeleuchtete Straße und stellte sich hinter einen Müllcontainer, der in einer Einfahrt stand, in die schon lange kein Auto mehr hineingefahren war. Hinter dem Container türmte sich allerlei Gerümpel. Pepper zog seine Pfeife aus der Tasche und schob sie zwischen die Zähne, ohne sie anzuzünden.
Das konnte wieder einmal eine lange Nacht werden. Und wieder einmal konnte ihm niemand sagen, ob das Warten irgendeinen Erfolg haben würde. Es wurde Mitternacht. Pepper hörte dem Wechselspiel der Turmuhrglocken zu, bis die letzte verklungen war. Drüben in der Kneipe ging rasselnd ein Rolladen nieder. Das Licht im Wirtshausschild und in dem Kasten, in dem die Speisekarte hing, erlosch. Die Straßenlampen waren längst schon durch irgendeine Automatik auf halbe Lichtstärke gestellt worden. Pepper griff nach den Streichhölzern in seiner Tasche. Zwei Stunden lang hatte er nun schon seine Lust auf eine Pfeife gezügelt. Jetzt wollte er endlich den Tabak anzünden. Aber dann schob er die Streichholzschachtel doch wieder in die Jackentasche zurück. Vom Hof hinter der Kneipe drang ein diffuser Lichtschein bis auf die Straße. Dann hörte Pepper eine Tür gehen. Schritte näherten sich dem Hoftor. Es waren Schritte von einer Frau.
Das Tor wurde geöffnet. Eine junge Frau trat auf den Bürgersteig heraus. Sie sah sich um wie jemand, der fürchtet, beobachtet zu werden. Pepper hielt sich sorgfältig hinter dem Müllcontainer. Er ließ der Frau einen Vorsprung von gut 30 Metern. Dann folgte er ihr, wobei er den schwachen Lichtschein der Straßenlaternen sorgfältig mied.
Die Frau überquerte einen menschenleeren Platz, bog in eine ge-

pflasterte Gasse ein, die noch dunkler war als das Sträßchen, in dem Pepper ihr aufgelauert hatte. Das war eine Gegend, die Pepper gut kannte und von der man in der Stadt sagte, daß einem anständigen Mann hier das Messer von selbst in der Tasche aufgehe. Doch die Frau ging mit sicheren Schritten. Sie wirkte selbstbewußt und keinesfalls ängstlich. Pepper wußte nicht, ob es sich um die ehemalige Freundin Zenkers handelte. Im Lokal hatte er die Wirtstochter jedenfalls nicht gesehen.

Vor einer Bar, die bis zum frühen Morgen offen hatte, hielt die Frau an. Sie sah sich wieder vorsichtig nach allen Seiten um. Pepper hatte sich allerdings schon längst in einem Hauseingang versteckt. Einen Augenblick lang schien es, als ob die Frau wieder umkehren wollte. Sie ging zwei Schritte auf die Tür zu, blieb stehen, wandte sich ab, ging fünf, sechs Schritte die Gasse hinunter, kehrte dann aber wieder um. Jetzt gab sie sich einen Ruck und betrat die Bar.

Pepper kannte das Etablissement. Die ›Haifischbar‹ verdiente ihren Namen durchaus. Dort drin tummelten sich Haie und kleine Fische. Die Bar war der Treffpunkt der Unterwelt. Pepper konnte sich nicht vorstellen, daß Zenker nach seiner Entlassung dort verkehrte. Dazu war er zu schlau. Zenker wußte genau, daß es eine Menge Leute gab, die sich sofort an ihn hängen würden, wenn er sich zeigte. Die legendären fünf Millionen wirkten wie der Honig auf die Fliegen.

Nachdenklich kratzte sich Pepper am Kopf. Es mußte eine Erklärung dafür geben, daß die Frau hierhergegangen war. Pepper löste sich aus dem Hauseingang und strebte der Bar zu. Er war noch keine drei Schritte gegangen, da wurde es plötzlich hinter einem Fenster im zweiten Stock der Bar hell.

Pepper blieb einen Moment stehen. Dann ging er rasch vollends hinüber und betrat die Bar. Drinnen war es kaum heller als draußen in der finsteren Gasse. Pepper brauchte einige Zeit, bis er sich orientieren konnte. Er beschloß, zunächst möglichst unauffällig zu

bleiben und zu beobachten, was geschah. In einer finsteren Nische war ein kleiner Tisch frei.
Pepper setzte sich so, daß er das ganze Lokal überblicken konnte. Es war nicht viel Betrieb. Kaum zwei Dutzend Gäste saßen mehr oder weniger gelangweilt herum. Die Frau, die er verfolgt hatte, konnte er nirgends sehen. Pepper bestellte etwas zu trinken. Der Ober hatte gerade mürrisch serviert, als die Tür aufgestoßen wurde. Mit einem Schwall frischer Luft kam Horst Eberswald herein, begleitet von zwei jungen Männern, die sich redlich Mühe gaben, stark auszusehen.
Eberswalds Auftreten war so, daß unwillkürlich alle Gäste zu ihm hinschauten – etwas Herausforderndes ging von ihm aus, so, als ob er von jedermann Aufmerksamkeit erwartete. Er wies seine Begleiter an, sich an einen Tisch zu setzen. Er selbst ging zum Tresen und winkte den Wirt zu sich her. Pepper beobachtete die beiden. Aber er saß zu weit entfernt, um etwas zu verstehen, und aus den Gesten war nichts zu entnehmen. Eberswald klopfte dem Wirt freundlich auf die Schulter, was dieser mit einem süßsauren Lächeln geschehen ließ, dann ging der Hausverwalter auf einen Vorhang zu, hinter dem eine Tür sein mußte, und verschwand.
Pepper legte Geld auf den Tisch und ging auf die Straße hinaus. Er sah zu dem Fenster im zweiten Stock hinauf, das vorhin noch erleuchtet war. Jetzt war der Fensterladen geschlossen worden.
Eine solche Bar hat immer einen zweiten Zugang – eine Tür, die von den Lieferanten benutzt wird oder von jenen Gästen, die das Haus schnell und ungesehen verlassen wollen, wenn zum Beispiel die Polizei auftaucht.
Pepper erreichte die Tür, nachdem er den ganzen Häuserblock umrundet hatte. Sie war verschlossen. Schräg gegenüber stand eine Telefonzelle, die halb offen stand. Das Licht brannte. Pepper sah, daß das Telefonbuch zerrissen war. Der Hörer hing an der Schnur herunter. Vermutlich funktionierte der Apparat gar nicht. Dennoch versuchte es Pepper. Er wählte die Auskunft und bekam

tatsächlich eine Verbindung. Er ließ sich die Nummer der ›Haifischbar‹ geben und wählte sofort wieder.
»Hier Haifischbar«, meldete sich eine männliche Stimme.
Pepper flüsterte in den Hörer: »Vorsicht, die Bullen sind im Anmarsch – in Mannschaftsstärke!« Dann legte er rasch auf.
Sekunden später – Pepper war gerade erst aus der Zelle getreten – flammten Lichter im hinteren Treppenhaus der ›Haifischbar‹ auf. Schritte waren zu hören und aufgeregte Stimmen. Die Tür wurde aufgestoßen. Sechs, sieben Männer stürmten heraus. Einer schrie aufgeregt: »So eine Sauerei, ich hatte ein erstklassiges Blatt!« Ein anderer sagte vergnügt: »Ich bin ganz froh, womöglich hätte ich mein halbes Vermögen verloren.«
Das war für Pepper neu, daß irgendwo in diesem Haus ein verbotener Spielklub war. Er nahm sich vor, Rübenach zu gegebener Zeit davon zu unterrichten.
Niemand dachte daran, die Tür abzuschließen. Pepper konnte ohne Mühe in das Treppenhaus gelangen. Dort mußte er sich allerdings noch einmal verstecken, weil er von oben Stimmen hörte.
»Hast du nicht gehört, die Polente...!«
Das war die Stimme des Wirts. Die Stimme des Mannes, der antwortete, erkannte Pepper sofort. Die gehörte Fritz Zenker.
»Ich hab' doch nichts zu verbergen. Ich wohne hier, zahle Miete und will nichts weiter als meine Ruhe.«
»Und der Horst?« schrie der Wirt.
»Ich?« antwortete Eberswald von oben, »meinst du mich? Ich hab' noch weniger zu verbergen!«
Der Wirt lachte hämisch. »Das sagst ausgerechnet du!«
»Ruhe jetzt«, schrie Zenker.
Der Wirt kam den Gang entlang und streifte dabei Pepper beinahe, der sich unter der Treppe zum ersten Stock verkrochen hatte. Er hörte, wie der Schlüssel in der hinteren Tür umgedreht wurde. Dann kam der Wirt leise vor sich hin brabbelnd zurück und verschwand in der Bar. Im zweiten Stock fiel eine Tür zu. Pepper stieg

vorsichtig hinauf. Die alten, ausgetretenen Holzstufen knarrten bei jedem Schritt, und obwohl das Knarren nicht besonders laut war, dröhnte es doch in Peppers Ohren. Er erreichte die Tür, hinter der Zenker offensichtlich wohnte. Er mußte sich sehr sicher fühlen, denn Pepper konnte jedes Wort verstehen, das hinter der Tür gesprochen wurde.

»Ich hab' eben gedacht, nicht wahr, es ist schwierig, das Gold und den Schmuck abzusetzen«, sagte Horst Eberswald gerade.

»Was denn für Gold, und was für Schmuck?« fragte Zenker.

»Hör doch auf. Mir brauchst du doch nichts vormachen«, nahm nun wieder Eberswald das Wort. »Du brauchst ja nichts zu sagen. Hör einfach meinen Plan mal an: Also, ich habe einen Mann, der aus Gold Münzen prägen kann. Historische Münzen, verstehst du? Einen Mariatheresientaler zum Beispiel, der genauso aussieht, genausoviel Gold enthält und genauso schwer ist wie ein Original. Für so eine historische Münze kassierst du glatt 10000 Mark. Du lieferst uns den Grundstoff, wir veredeln ihn. Du kannst doch beispielsweise die Ringe, Broschen, Armbänder und Anhänger gar nicht verkaufen. Davon hat jeder Polizist im Land die schönsten Fotos. Beim ersten Versuch nehmen sie dich hops. Also mußt du den Schmuck aufbrechen und was anderes daraus machen – aus dem Gold zum Beispiel Münzen.«

Ein paar Sekunden wurde nicht gesprochen, dann sagte die Frau: »Wenn einer Gold hätte, wäre das nicht schlecht.«

»Nur, ich hab' keines«, meinte Zenker.

Eberswald lachte, aber Zenker fuhr ihn an. »Neun Zehntel der Beute sind weg!«

»Was?« Man hörte förmlich, wie Eberswald die Luft wegblieb. »Das ist doch unmöglich! Ausgeschlossen!«

»Ja. Jeder denkt, ich sitze auf über fünf Millionen. Einen Dreck. Keine halbe Million ist das Zeug wert, das mir geblieben ist. Und das muß ich dann auch noch weit unter Wert verkaufen.«

»Aber...« Eberswald schien es tatsächlich die Sprache verschla-

gen zu haben. Schließlich sagte er: »Du hast doch immer allein gearbeitet.«
»Stimmt.«
»Also!«
»Nichts also. Ich hab' das Zeug einem Fachmann gezeigt. Der hat alles genau begutachtet. Er kannte auch das Versteck, verstehst du? Zwei Tage später war das meiste weg.«
»Und warum nicht alles?« fragte Eberswald.
»Eine kleine Großzügigkeit dieses Schweinehundes. Aber ich finde ihn, das garantiere ich dir. Er muß das Zeug noch haben, sonst wäre irgendwo etwas aufgetaucht in den Jahren, die ich auf Staatspension gelebt habe.«
»Und wer ist der Mann?« fragte Eberswald.
»Ich weiß es nicht. Aber ich suche und finde ihn. Und zwar ich ganz allein. Ich nehme ihm allein die Beute wieder ab, und ich bringe ihn ganz alleine wieder da hin, wo er hingehört.«
»Fritz«, sagte die Frau, »du immer mit deinen Drohungen. Bei diesem Pepper hast du's genauso gemacht.«
»Der kriegt sein Fett auch noch«, knurrte Zenker.
»Pepper?« Eberswalds Stimme klang überrascht.
»Kennst du den? Du warst doch damals noch gar nicht in der Stadt.«
»Ein Privatdetektiv?« fragte Eberswald ein wenig atemlos.
»Ja, er hat mich damals aufs Kreuz gelegt, nachdem die Polizei keinen Fuß auf den Boden gebracht hat.«
»Der Pepper?« fragte Eberswald erstaunt.
»Genau der!«
»Also auf mich macht der nicht den Eindruck...«
»Da täusch dich mal bloß nicht«, unterbrach ihn Zenker, »der ist gefährlicher, als er aussieht. Und zäh. Wenn andere den Bettel hinschmeißen, fängt der Pepper erst an.«
Die Frau lachte und sagte: »Der Fritz muß ihn so hochloben, damit er selbst ein bißchen besser wegkommt.«

»Er war neulich bei mir mit so einer alten Schrulle«, sagte Eberswald.
Pepper ballte draußen vor der Tür unwillkürlich die Faust. Er wurde immer stocksauer, wenn jemand die Alte beleidigte.
»Scheringer heißt sie«, sagte Zenker. »Die ist auch nicht besser als dieser Pepper, kannst du mir glauben. Sieht aus, als ob sie kein Wässerchen trüben könnte und hat's faustdick hinter den Ohren!«
»Ich werde mit denen schon fertig«, erwiderte Eberswald, »bin schon mit ganz anderen fertig geworden. Aber jetzt mal wieder zur Sache, Fritz. Du weißt, ich habe Verbindungen...«
»Ja, ich hab' es gehört, sie nennen dich den ›König der Altstadt‹.«
»Jedenfalls könnte ich dir nützlich sein, wenn du den Typ finden willst, der dir das Zeug weggenommen hat.«
»Ich werd's mir merken«, sagte Zenker. »Wenn ich dich brauche, komme ich auf das Angebot zurück.«
Hinter der Tür wurden Stühle gerückt. Pepper hastete die Treppe hinunter. Keinen Augenblick zu früh. Die Tür wurde aufgerissen, Eberswald kam heraus und sprang die Treppe – immer drei Stufen auf einmal nehmend – hinunter. Pepper hatte sich wieder dicht bei der hinteren Tür versteckt. Eberswald ging in die Bar zurück.
Der Schlüssel an der Hintertür steckte von innen. Pepper schloß auf, drückte auf die Klinke und stieß die Tür auf. Es hatte leicht zu regnen begonnen. Das trübe Licht zeichnete matte, gelbe Kreise aufs Pflaster. Pepper wog den Schlüssel in der Hand und ließ ihn dann in seine Jackentasche gleiten, ehe er mit langen Schritten die schmale Gasse hinunterging.

Rettung in letzter Sekunde

»Das ist aber schon ein seltsames Zusammentreffen«, sagte Frau Scheringer, die auf der alten Polsterbank am Fenster in Peppers Salonwagen saß und mit ihren Stricknadeln klapperte. »Dieser widerliche Eberswald und der Zenker sind also so etwas wie Freunde, dann haben die wohl gemeinsam Ihren Wagen und meinen Kiosk angezündet und die Bremse an Ihrem Auto kaputtgemacht.«
Pepper, der in seinem Schaukelstuhl saß, schüttelte den Kopf. »So gut kennen die sich nicht. Eberswald ist zu Zenker gegangen, weil er ein Geschäft gewittert hat. So wie das Gespräch auf mich wirkte, belauern sich die beiden gegenseitig. Von Freundschaft kann da zunächst mal noch nicht die Rede sein.«
»Und wer war's dann?«
Pepper wiegte seinen Kopf hin und her. »Fragen Sie mich doch bitte etwas Leichteres. Es könnte auch ein ganz anderer Täter hinter den Anschlägen auf uns stecken. Ich hab' schließlich nicht nur diesem Zenker das Handwerk gelegt.«
Sie schwiegen sich eine Weile an. Dann sagte die Alte ganz in ihre Gedanken versunken: »Daß der fast seine ganze Beute wieder verloren hat..!«
»Den Mann würde ich gern kennen«, antwortete Pepper, »den der Zenker als Gutachter herangezogen hat.«
»Haben Sie den Rübezahl schon unterrichtet?«
»Nein, aber das muß ich dann wohl doch tun.«
Pepper stemmte sich ächzend aus seinem Schaukelstuhl heraus. »Es wird Zeit, daß es Frühling wird«, sagte er, »die Kälte ist nichts für meine alten Knochen.«
Die Alte schüttelte den Kopf. »Was ihr jungen Leute bloß immer habt!«

Pepper ging nicht gerne ins Polizeipräsidium. Er hatte dort ein paar Jahre gearbeitet und sich nicht wohl gefühlt. Er ertrug es nicht, wenn er Befehle entgegennehmen und ausführen mußte. Langsam ging er jetzt den grauen, kahlen Korridor hinunter. Draußen hatten dichte, graue Wolken den Himmel überzogen. Ein leichter Nieselregen ging nieder. Durch die hohen Bogenfenster drang gerade so viel Licht, daß es zu hell war, um die Lampen einzuschalten, und zu dunkel, um ohne die Lampen richtig zu sehen. Pepper klopfte an Rübenachs Tür.

»Wer ist denn das nun schon wieder«, klang es von innen.

Pepper öffnete die Tür und ging hinein. »Jeder andere würde ›herein‹ oder ›ja bitte‹ rufen«, sagte Pepper, »guten Morgen, Herr Rübenach.«

»Auch das noch«, antwortete er mißgelaunt, »da denkt man an nichts Böses, und wer kommt...«

Pepper nahm unaufgefordert in dem wackeligen Besucherstuhl vor Rübenachs Schreibtisch Platz. Er deutete auf die verschieden hohen Aktenberge, die Rübenachs Schreibtischplatte fast bedeckten. »Viel Arbeit, was?«

Der Kommissar nickte.

»Aber Ihre Hilfe brauche ich trotzdem nicht.«

Pepper lächelte. »Nun wollte ich Ihnen gerade erzählen, was ich über Zenker und seine Fünf-Millionen-Beute erfahren habe.«

Rübenach hob die Augenbrauen und starrte Pepper an. »Nun?«

»Er hat die Beute nur noch zu einem ganz geringen Teil.«

Und dann erzählte Pepper, was er am Abend zuvor erlebt hatte. Rübenach starrte den Detektiv die ganze Zeit weiter an. Als Pepper fertig war, sagte der Kommissar: »Daß Sie Kopf und Kragen riskieren, ist Ihnen ja wohl klar, oder?«

»Es ist ein kalkuliertes Risiko.«

»Ja, das denkt man immer.«

»Sie werden doch nicht in Sorge sein, Herr Rübenach?«

»Um Sie? So weit müßte es kommen!«

»Tja, das war's dann.« Pepper erhob sich.
»Reden Sie doch mal mit Knapp, dem Leiter von Einbruch und Diebstahl.«
»Ein neuer Mann?«
»Seit drei Jahren schon hier.«
»Ich kenne ihn nicht.«
»Er hat es überlebt, bisher«, sagte Rübenach bissig.
Pepper nickte dem bärbeißigen Kommissar freundlich zu und verließ das Zimmer.
Knapp war das Gegenteil von Rübenach: ein junger, adretter, sportlicher Typ mit hellen blauen Augen und blonden, akkurat gescheitelten Haaren. Er trug einen gut geschnittenen Anzug, und auf seinem Schreibtisch lag nur eine Akte, daneben ein Notizblock und ordentlich aufgereiht drei verschieden starke Bleistifte.
Pepper brauchte sich nicht lange vorzustellen. Knapp hatte schon viel von dem Privatdetektiv und einstigen Kollegen gehört und war, wie er sagte, schon lange neugierig darauf, ihn einmal persönlich kennenzulernen.
Pepper schilderte den Fall, und während er erzählte, trat Knapp zu einem Rollschrank, öffnete ihn, zog eine Hängeregistratur heraus und griff eine Mappe, auf der in sauberen Buchstaben stand:

FRITZ ZENKER - EINBRUCHDIEBSTAHL - GOLD UND SCHMUCK

Knapp blätterte nachdenklich in der Akte, während Pepper seine Erlebnisse vom vorausgegangenen Abend schilderte.
Dann legte Knapp die Fingerspitzen beider Hände gegeneinander, was ein wenig geziert aussah, und sagte: »Wenn wir einmal davon ausgehen, daß Zenker diesen Fachmann oder Gutachter oder wie immer Sie ihn nennen wollen, hier in der Stadt angesprochen hat, gibt es nach unseren Erkenntnissen nur drei Männer, die in Frage kommen: Gerlinger, Holsten und Zink. Holsten scheidet aus, weil er damals in einer Strafvollzugsanstalt einsaß. Bleiben Gerlinger

und Zink. Gerlinger ist ein Mann, der sich längst verraten hätte, wenn er soviel Geld in den Fingern gehabt hätte. Das ist ein Großmaul, schmeißt auch dann Lokalrunden, wenn er kein Geld hat, schließt also völlig aus. Bleibt Zink. Zu dem würde es passen, daß er auf fünf Millionen sitzt und keine Mark davon ausgibt. Der wird nicht so schnell nervös. Ein eiskalter Typ.«
»Und wo finde ich den?«
»Vermutlich finden Sie ihn gar nicht.«
»Sie können einem richtig Hoffnung machen«, brummte Pepper.
»Tut mir leid, aber Zink ist seit zwei Jahren aus der Stadt verschwunden. Wie Sie wissen, haben wir inzwischen die ›Beobachtende Fahndung‹. Jeder, der einmal mit uns in Berührung gekommen ist, wird verdeckt überwacht. Wir erfahren von jeder Zollstelle, wenn er die Grenze passiert. Alle Daten werden in den Computer eingespeichert. Wir haben wirklich einen sehr dichten Raster über das ganze Land gelegt. Aber Zink gehört zu denen, die immer noch durchschlüpfen.«
Pepper sagte: »Muß ein interessanter Mann sein. Gibt's ein Bild, eine Personenbeschreibung, irgendwelche Angaben, die bei der Suche nach diesem Zink nützlich sein könnten?«
Knapp schob die Akte über den Tisch. Pepper blätterte darin. Er fand eine Personenbeschreibung:

Bernd Zink, alias Bernhard Feucht, alias Horst Keitel, geb. 18. 6. 1929 in Königsberg. Größe: 1,80 m, Gewicht: ca. 75 kg, schmales Gesicht, braune Augen, gerade ausgeprägte Nase, enganliegende Ohren, ergrautes, schütteres Haar. Wenn Zink unter Anspannung steht, bekommt er oft eine Sprechhemmung, kann dann Mitlaute wie K und F am Anfang eines Wortes nicht sofort aussprechen. Unveränderliche Kennzeichen: keine. Zinks erlernter Beruf: 'Schweizer Degen' - also Setzer <u>und</u> Drucker.

Pepper legt das Blatt aus der Hand.
»Kein Foto?« fragte er.
»Leider nein.«
Knapp erhob sich, um anzudeuten, daß für ihn die Besprechung beendet war. Pepper blieb ungerührt sitzen. »Auch kein Phantombild, keine Zeichnung anhand der Beschreibung?«
»Doch, das muß ganz hinten in der Mappe liegen.«
Pepper blätterte und fand eine Zeichnung, die ein Gesicht zeigte, das durch nichts auffiel. Ein Durchschnittsgesicht, das man vergessen hatte, sobald man wegschaute. Pepper legte das Phantombild zurück.
»Was weiß man sonst über Zink? Hat er bestimmte Liebhabereien? Wo bewegt er sich in der Regel – ich meine, in welchen Kreisen, in welcher Umgebung?«
»Nichts, wir verfügen über keinerlei Erkenntnisse in dieser Richtung«, sagte Knapp ungeduldig. »Es ist fast, als ob es diesen Mann gar nicht gäbe. Er ist offensichtlich wirklich ein Phantom. Finden Sie ihn, und wir werden Ihnen ewig dankbar sein.«
Pepper stand auf. »Die Dankbarkeit der Polizei, das ist schon was!« Er deutete eine Verbeugung an und ging hinaus.
Pepper verließ nachdenklich das Präsidium. Das war ein seltsamer Fall – es gab zu viele Fäden, deren Enden lose herumhingen und die sich nicht verknoten ließen: die Brandstifter, Eberswald, der Geschäftemacher, Zenker, der rachedurstige Juwelenräuber, und nun auch noch dieser Zink. Zink und Zenker, einen Augenblick überlegte Pepper, ob die beiden vielleicht ein und dieselbe Person sein könnten. Aber er verwarf den Gedanken sofort wieder. Solche Namensähnlichkeiten waren in aller Regel reine Zufälle.
In seinem Salonwagen warteten Pit, Jonny und Arnica auf Pepper.
»Na, wie war's gestern abend?« fragte Pepper.
»Spitze!« rief Jonny. »Das sind lauter unheimlich nette Leute. Die haben uns den ganzen Abend zugehört.«
»Dann müssen es wirklich nette Leute sein.«

Stadtbücherei
Niddastraße 1
6368 BAD VILBEL

Pepper setzte Teewasser auf. Aber er kam nicht mehr dazu, den Tee aufzubrühen. Die Tür nach draußen sprang auf, und Herr Bergemaier erschien.
»Los, Pepper, kommen Sie!«
»Was ist denn?«
»Schon wieder ein Brand, ganz in der Nähe. Im Nelkenweg. Ich hab's zufällig im Polizeifunk gehört.«
Pepper schaltete die Herdplatte aus und griff nach seiner Parka. Inzwischen waren aber Arnica, Pit und Jonny schon längst losgelaufen.
Zum Nelkenweg gab es eine Abkürzung durch die Schrebergärten. Pit lief voraus. Sie brauchten keine zwei Minuten. Schon von weitem sahen sie die Rauchsäule. Und sie hörten entsetzte Schreie.
Pit erreichte das Grundstück. Es lag etwas erhöht. Sieben breite Steinstufen führten hinauf. Das Haus stand in hellen Flammen. Pit kannte es – ein finnisches Fertighaus, ganz aus Holz. Im ersten Stock befand sich auf der Giebelseite ein schmales Fenster. Dort stand ein etwa vierjähriges Mädchen – eingerahmt von Rauch und Flammen – und streckte entsetzt die Hände nach den Leuten aus, die untätig vor dem Haus standen und teils stumm hinaufstarrten, teils entsetzt schrien.
Das Feuer hatte sich von unten her in das Haus gefressen. Das Holz brannte prasselnd. Pit überlegte einen Moment. Dann zog er sein Taschentuch heraus, rannte zu einer Regentonne, die an der Hausecke stand, um das Wasser aus den Dachrinnen aufzufangen. Er befeuchtete das Tuch, preßte es fest auf Mund und Nase. Dann nahm er Anlauf und rannte auf die offene Haustür zu, in der eine dünne Feuerwand stand. Er schaffte es mit einem Sprung, ins Haus hineinzukommen und erkannte eine Treppe, die steil nach oben führte, an deren Holzstufen aber bereits das Feuer leckte.
Mit ein paar Sätzen war er im ersten Stock. Das Feuer hatte dieses Geschoß noch nicht erreicht, aber ein beißender Qualm breitete

sich schnell aus. Pits Augen tränten. Noch immer hielt er die Luft an. Das hatte er fürs Langstreckentauchen trainiert. Er riß die Tür zum Giebelzimmer auf.
Das Mädchen stand noch in der gleichen Haltung und weinte leise. Pit überlegte nicht lange. Er sprang zu dem Mädchen hin, schöpfte an dem offenen Fenster tief Luft, sagte dann möglichst ruhig: »Da, nimm das Tuch und presse es fest auf Mund und Nase!«
Er faßte das Kind um die Hüften und warf es sich wie einen Sack über die rechte Schulter. In diesem Augenblick brach das Feuer durch den hölzernen Fußboden.
»Anna!« rief das Kind.
»Was ist?« Pit hielt an.
»Meine Puppe. Sie darf nicht verbrennen!«
»Natürlich nicht«, sagte Pit so ruhig wie möglich.
Er setzte das Kind ab. Die Puppe saß auf dem Sofa. Das Mädchen trippelte hinüber und nahm die Puppe in den Arm. »So, jetzt!« sagte es dann ganz sachlich und ließ sich von Pit wieder hochnehmen.
»Vergiß nicht, das Tuch auf Mund und Nase!«
»Und Anna?«
»Die kann die Luft besser anhalten als du«, sagte Pit hastig.
»Stimmt ja gar nicht«, rief das Mädchen.
Aber darum konnte sich Pit nicht mehr kümmern. Die Flammen schlugen jetzt schon ins Zimmer, und auch die Treppe hatte richtig Feuer gefangen. Pit stürmte durch den oberen Korridor, erreichte die Treppe. Sah entsetzt, wie ihm ein Gemisch aus Feuer und Qualm entgegenschlug. Die Stufen waren nicht mehr zu sehen. Pit überlegte eine Sekunde, ob es nicht vielleicht einen anderen Weg gab. Aber er hatte keine Zeit mehr zu suchen. Das Haus brannte wie Zunder. Vorsichtig tastete er nach den ersten Stufen, während ihn ein unüberwindlicher Hustenreiz packte. Sobald er festen Tritt hatte, begann er zu rennen. Er hielt sich am Geländer fest und merkte gar nicht, daß er dabei zweimal in die Flammen faßte.

Die Tür war ein kaum erkennbares, helleres viereckiges Feld, durch das wie aus weiter Ferne Stimmen zu ihm drangen und nun auch die Töne eines Feuerwehrsignals.
Pit erreichte das Viereck, stürmte hinaus, lief weiter. Nur weg von dem Haus! Erst als er gegen eine Mauer von Menschen rannte, hielt er inne. Irgendwer griff nach dem Mädchen und hob es behutsam von Pits Schulter. Pit öffnete die Augen, die er unwillkürlich geschlossen hatte. Seine Kleider und seine Haare waren angesengt, und seine rechte Hand schmerzte beißend. Pepper faßte ihn an den Schultern.
»Wie geht's?«
»Toll hast du das gemacht«, sagte Bergemaier.
»Meine Hand!« stammelte Pit. Er mußte sich an Pepper festhalten.
»Dort vorne kommt ein Krankenwagen.«
Pepper führte Pit zum Gartentor. Die Leute machten fast ehrfürchtig Platz und erzählten sich immer wieder aufs neue, wie mutig der Junge das Kind gerettet hatte.
In Pit stieg eine unheimliche Wut auf. Wie lange hatten die dagestanden und zu dem Fenster hinaufgestarrt, ohne etwas zu unternehmen? Zu einem Zeitpunkt, wo das Feuer noch nicht so stark war. Soviel Mut gehörte schließlich auch wieder nicht dazu.
Ein Arzt sah sich die Hand an. »Schmerzhaft, aber nicht weiter schlimm«, sagte er sachlich. »Da kommt eine Brandsalbe drauf und eine Binde drumherum. Die Haut wird sich ein bißchen schälen, aber das ist kein bleibender Schaden.«
Pit nickte. Pepper stand noch immer bei ihm und hielt ihn an der Schulter fest.
»Es war wieder Brandstiftung«, sagte er leise.
Pit blickte auf. »Ja, aber die hat nichts mit den Anschlägen bei Ihnen und Frau Scheringer...«
Pepper hatte gar nicht zugehört. »Dieser Teufel. Er hat das Haus an allen vier Ecken angezündet. Und das Kind war drin!«

Der Doktor fragte: »Wußte das der Brandstifter?«
»Woher soll ich das wissen!« fuhr ihn Pepper an. – »Aber jetzt ist klar, daß es Zenker war.«
»Was?« Pit starrte Pepper ungläubig an.
»Ja, das Haus gehört Richter Laminger. Er hat damals den Schuldspruch gefällt und Zenker verurteilt.«
Pit pfiff unwillkürlich durch die Zähne.
Der Arzt sagte: »Ich muß jetzt dringend nach dem Mädchen sehen. Das Kind muß einen Schock haben.«
»Einen richtigen Rachefeldzug hat sich dieser Zenker vorgenommen«, sagte Pepper, und es wirkte noch immer wie ein Selbstgespräch.

Eine Bombe für den Staatsanwalt

Man soll nie im ersten Zorn etwas unternehmen, diese Weisheit gehörte zu Peppers wichtigsten Lehrsätzen. Aber an diesem Tag hielt er sich nicht daran. Er verließ mit einer ungeheuren Wut im Bauch die Brandstätte, nahm sich an der nächsten Straßenecke ein Taxi – sein Auto war noch immer in der Karosseriewerkstatt – und ließ sich zur ›Haifischbar‹ chauffieren.
Pepper machte sich nicht die Mühe zu klingeln oder zu klopfen. Er ging zur Hintertür, probierte, ob sie offen war, und zog den Schlüssel aus seiner Jackentasche, als er sie verschlossen vorfand. Er öffnete, betrat ohne besondere Vorsichtsmaßnahmen den Korridor und stieg die Treppe hinauf. Vor der Tür, hinter der Zenker sich neulich mit Eberswald getroffen hatte, blieb er einen Augenblick

stehen. Dann drückte er die Klinke nieder und stieß die Tür auf. Zenker lag auf dem Bett und las in einem Kriminalroman. Er schaute nicht auf, sondern sagte nur: »Mach die Tür zu, Franz.«
»Hier ist nicht Franz«, sagte Pepper finster.
Zenker hob die Augen, legte das Buch zur Seite und richtete sich langsam auf.
»Pepper? Sag mal, spinn' ich, träum' ich, oder was ist? Wo kommen Sie denn her?«
»Hier durch diese Tür, und zwar direkt von Richter Lamingers Grundstück. Sie können zufrieden sein. Das Haus ist bis auf die Grundmauern niedergebrannt, und um ein Haar hätten Sie auch noch Lamingers vierjährige Tochter dabei umgebracht.«
»Jetzt Moment mal, was erzählen Sie mir denn da für wirres Zeug?«
Zenker war erkennbar überrascht – so sehr, daß von seiner Wut gegen Pepper gar nichts aufbrechen konnte.
»Zuerst haben Sie meinen Eisenbahn-Salonwagen angezündet, dann Frau Scheringers Kiosk und jetzt auch noch das Haus Lamingers!«
Pepper griff unter seine Jacke und zog einen schweren Revolver hervor.
»Stecken Sie doch das Ding weg, Pepper. Wenn das alles passiert ist, was Sie sagen, dann hat es jedenfalls nichts mit mir zu tun.«
Pepper lachte nur höhnisch.
»Wann soll das gewesen sein?« stieß Zenker nach.
»Es ist noch keine Stunde her.«
»Vor einer Stunde lag ich genauso hier wie in dem Moment, als Sie reinkamen. Wie sind Sie überhaupt reingekommen? Es ist doch alles abgeschlossen.«
Pepper sagte: »Die Brandanschläge bringen Sie noch mal für fünf Jahre hinter Schloß und Riegel.«
»Aber ich hab' nichts angezündet, verdammt noch mal. Jetzt denken Sie doch mal logisch, Pepper. Ich komme aus dem Knast und

hab' eine ganze Menge zu erledigen, das werden Sie mir ja wohl glauben. Und da kann ich alles andere gebrauchen, nur nicht öffentliches Aufsehen. Ich brauche Ruhe. Ich muß in Vergessenheit geraten. Ich darf jetzt einfach nichts unternehmen. Das müßte doch auch in Ihren Quadratschädel gehen. Natürlich hab' ich einen Haß auf Sie!« Das klang komisch, weil er es so sachlich vorbrachte. »Und Sie können sich darauf verlassen, sobald ich Luft und Zeit habe, präsentiere ich Ihnen meine Rechnung, Pepper. Aber erst dann, und keinen Tag früher. So. Und jetzt will ich wissen, wie Sie mich gefunden haben.«

Pepper starrte Zenker an. Was der einstige Juwelendieb gesagt hatte, klang tatsächlich logisch. Und obwohl sich Pepper innerlich dagegen wehrte, hatte er doch den Eindruck, daß Fritz Zenker diesmal die Wahrheit gesprochen hatte.

»Aber wer? Wer soll es denn sonst gewesen sein? Wer, außer Ihnen, hat einen solchen Haß auf mich, Frau Scheringer und Richter Laminger? Ihr Fall war der einzige, mit dem ich etwas zu tun hatte und bei dem Laminger den Vorsitz im Prozeß führte. Es kommt einfach kein anderer in Frage!«

»Doch!«

Pepper schaute auf. Er hatte noch immer den Revolver in der Hand, steckte ihn jetzt aber zurück in sein Schulterhalfter.

»Wer denn sonst?« fragte Pepper.

»Einer, der ganz bewußt den Verdacht auf mich lenken will.«

»Sie meinen...?«

»Ja, das muß einer sein, der mich so schnell wie möglich wieder dorthin zurückbringen will, wo ich gerade hergekommen bin.«

»Zink?« fragte Pepper aufs Geratewohl und landete damit einen Volltreffer.

Zenker, der noch immer auf dem Bett saß, wich zurück bis an die Wand und umklammerte mit beiden Händen seine angezogenen Knie.

»Wie... wie... wie kommen Sie auf Zink?« stotterte Zenker.

»Sie haben ihm den Schmuck gezeigt, damit er ihn begutachtet, stimmt's?«
»Wer hat Ihnen das gesagt? Zink selber?«
Pepper redete unbeirrt weiter. »Zink fand die Beute so wertvoll und interessant, daß er sie nicht nur begutachtete, sondern – wie auch immer – an sich brachte. Nur, jetzt ist Zink untergetaucht. Und mit ihm die ganze Sore, nicht wahr? Sie müssen ihn finden, und Sie sind vielleicht nahe dran. Zink weiß das. Vielleicht hat es ihm ja der Horst Eberswald erzählt...«
Pepper beobachtete die Wirkung seiner Worte, und die war wirklich stark. Zenker starrte ihn mit einer Mischung aus Entsetzen und Bewunderung an.
Schließlich stieß er hervor: »Sie... Sie... Sie wissen ja alles!«
Pepper lehnte sich gegen den Türrahmen. »Leider nicht. Ich weiß zum Beispiel immer noch nicht, ob Sie für die Brände verantwortlich sind oder ein anderer. Schließlich haben Sie genug Leute, die Sie schicken können. Sie liegen zu jener Zeit ruhig hier im Bett, lesen einen Krimi, und ein anderer macht einstweilen draußen im Estenfeld die Drecksarbeit.«
»Aber ich sage Ihnen doch, Pepper...«
»Reden können Sie viel. Und es liegt ganz bei mir, was ich glaube.«
Zenker klopfte mit dem Knöchel des Zeigefingers gegen seine Schneidezähne. Er dachte nach.
Schließlich sagte er: »Ich mache Ihnen einen Vorschlag, Pepper.«
»Da bin ich aber gespannt«, antwortete der Detektiv mit einem schiefen Grinsen.
»Wir schließen einen Waffenstillstand.«
»Brauche ich nicht, ich lebe nicht im Krieg mit Ihnen.«
»Gut, ich sage Ihnen jetzt, daß ich in nächster Zeit nichts gegen Sie unternehmen werde.«
»Reizend. Danke!«
»Lassen Sie uns für eine befristete Zeit zusammenarbeiten.«

»Was? Sie und ich? Wie stellen Sie sich denn das vor?«
»Ich hab' Informationen, an die Sie nicht rankommen. Und umgekehrt ist es genauso. Sie wollen den Brandstifter finden, mir geht's um Zink. Marschieren wir ein Stück weit gemeinsam. Nachher können wir uns ja wieder in die Fresse hauen.«
»Ich soll mit Ihnen gemeinsame Sache machen?« Pepper schüttelte den Kopf.
»Nicht gemeinsame Sache machen. Ich will nur, daß wir eine Zeitlang unsere Gedanken austauschen. Sehen Sie, Pepper, gegen mich liegt nichts vor. Ich habe meine Strafe abgesessen. Seitdem ich draußen bin, habe ich noch nicht einmal falsch geparkt. Ich habe absolut nichts verbrochen. Es gibt also keinen Grund, daß Sie mich melden oder gar verfolgen müßten. Sie können mit mir zusammenarbeiten, ohne sich die Finger schmutzig zu machen.«
Pepper hatte Zenker die ganze Zeit aufmerksam angeschaut. Jetzt sagte er: »Sagen Sie mal, was haben Sie denn für Kurse belegt im Gefängnis?«
Zenker lachte: »Deutsch, Geschichte und Rhetorik – die Kunst der freien Rede.«
»Das merkt man. Wenn ich daran denke, wie Sie damals vor Gericht rumgestammelt haben.«
Plötzlich war zwischen den beiden Feinden fast eine vertraute Atmosphäre entstanden. Pepper setzte sich sogar in einen Korbstuhl, dicht bei der Tür, und holte seine Pfeife aus der Tasche, um sie zu stopfen.
»Das müßte wirklich ein ganz durchtriebener Bursche sein, der auf die Idee kommt, sozusagen stellvertretend für Sie, Häuser anzuzünden. Rübenach wird das nicht glauben...« Pepper unterbrach sich entsetzt. Dann stieß er hervor: »Menschenskind, das habe ich ganz vergessen. Rübezahl weiß auch, daß Sie hier wohnen. Er wird in ein paar Minuten vor der Tür stehen und Sie einbuchten.«
»Verdammt«, Zenker sprang auf die Füße. Er riß einen Koffer von einem Schrank und warf wahllos Kleidungsstücke hinein.

»Wo wollen Sie hin?« fragte Pepper, der Zenker auf keinen Fall aus den Augen verlieren wollte.
»Wenn ich das wüßte.«
»Kreuzstraße 34«, sagte Pepper spontan.
»Was ist das?«
»Ein Haus, das Ihr Freund Eberswald verwaltet und in dem eine Menge Wohnungen leerstehen. Der Eberswald weiß so oder so, wo Sie sind. Außerdem wird er Sie immer finden. Warum also nicht?«
»Keine schlechte Idee. Weiß Rübezahl, daß Eberswald mit mir Kontakt hat?«
»Keine Ahnung«, log Pepper, »aber ich glaube kaum.«
»Versuchen wir's!«
Zenker packte seinen Koffer und ging durch die Tür. Pepper blieb noch einen Augenblick wie benommen stehen. Wie kam er dazu, mit seinem Todfeind gemeinsame Sache zu machen? Aber er hatte nicht viel Zeit, darüber nachzudenken. Zenker war inzwischen fast die ganze Treppe hinuntergerannt. Pepper folgte und holte ihn an der Haustür ein. Gemeinsam gingen sie auf die Straße hinaus, die um diese Tageszeit ziemlich belebt war. Pepper winkte ein Taxi heran. Sie verstauten den Koffer im Kofferraum und stiegen einträchtig in den Fond ein.
Der Wagen bog gerade in die Querstraße ein, als ihm zwei Polizeiautos mit Blaulicht und Martinshorn entgegenkamen. Zenker duckte sich.
»Was die bloß wieder so Wichtiges haben«, sagte der Chauffeur.
»Ja, das würde ich auch gerne wissen«, meinte Pepper.
Als sie vor dem Haus in der Kreuzstraße ankamen und das Taxi verlassen hatten, ertönte Musik aus dem ersten Stock.
»Ach, du lieber Gott«, sagte Zenker, »bei dem Lärm kann man ja nicht schlafen.«
»Die üben nicht lange«, sagte Pepper obenhin.
Von unterwegs hatte Zenker Eberswald angerufen und gefragt, ob

er in der Kreuzstraße einen Unterschlupf für ihn habe. Eberswald hatte geradezu begeistert zugestimmt und versprochen, so schnell wie möglich zu kommen.
Sie brauchten kaum zehn Minuten zu warten, da bog sein amerikanisches Auto auch schon um die Kurve. Eberswald saß alleine drin, wie es Zenker am Telefon verlangt hatte. Aber er war sichtlich perplex, als er Pepper sah.
»Was wollen Sie hier?« fuhr er ihn an.
»Das ist schon in Ordnung«, sagte Zenker.
»Heißt das, der Pepper kommt mit dir? Hör mal, der Mann geht gegen mich vor!«
»Interessiert mich nicht«, erwiderte Zenker grob.
»Und du? Wolltest du ihn nicht fertigmachen? Ich hab's noch im Ohr, Zenker!«
»Alles zu seiner Zeit«, antwortete Zenker gelassen. »Jetzt brauch' ich ihn erst mal.«
»Also dann sieh zu, wo du bleibst. Diesen Schnüffler will ich auf keinen Fall dabeihaben.«
Pepper stand ruhig daneben und zog an seiner Pfeife.
»Ich finde auch was anderes«, sagte Zenker. »Kommen Sie, Pepper.«
Aber Pepper rührte sich nicht von der Stelle. Er sagte, zu Eberswald gewandt: »Wer könnte ein Interesse daran haben, Zenker ein Verbrechen in die Schuhe zu schieben, das er gar nicht begangen hat?«
Eberswald antwortete nicht darauf, sondern sagte zu Zenker: »Sei doch vernünftig, Mann. Dieser Schnüffler hat doch nur eines im Sinn, uns hinzuhängen.«
»Mich kann er nicht hinhängen, weil ich nichts getan habe«, sagte Zenker, noch immer ganz ruhig.
Eberswald biß sich auf die Unterlippe. Bei all seinen Plänen konnte er es nicht dulden, daß sich dieser Detektiv in seinem Haus herumtrieb. Kastinger wurde von Tag zu Tag nervöser. Er hatte

große Probleme mit seiner Isolierung dort unten im Keller. Niemand konnte wissen, wie sich dieser versponnene Gelddrucker in den nächsten Tagen und Nächten verhielt.
»Du kannst jederzeit hierbleiben«, sagte er jetzt wieder zu Zenker, »aber du mußt damit rechnen, daß dich der Pepper verpfeift. Da kannst du keine Minute sicher sein.«
»O doch. Wir haben durchaus gemeinsame Interessen, und daß Pepper sein Handwerk versteht, weiß keiner besser als ich.«
»Okay, aber er vertritt meine Gegenpartei. Wenn Sie bereit sind, den Fall auf sich beruhen zu lassen, bin ich einverstanden«, sagte Eberswald zu Pepper.
Der Detektiv lachte leise in sich hinein. »Das würde Ihnen so passen, was? Ich verhandle nicht mit Ihnen, Eberswald. Selbstverständlich vertrete ich meine Kunden nach wie vor. Das wäre ja noch mal schöner. Aber jetzt stellen Sie sich doch nicht so begriffsstutzig an. Das eine hat mit dem anderen überhaupt nichts zu tun. Herr Zenker will wissen, wer, sozusagen stellvertretend für ihn, Häuser anzündet, um ihn wieder ins Gefängnis zu bringen. Und ich habe ebenfalls ein großes Interesse an der Aufklärung dieser Frage. Wir ziehen kurze Zeit an einem Strang. Außerdem gibt es da noch einen Mann, den Zenker finden möchte und der auch mich interessiert.«
Zenker war es sichtlich unbehaglich bei alldem.
»Ich sage Ihnen zu, Ihr Haus nur während der Durchführung meiner laufenden Recherchen gegen Sie zu betreten«, sagte Pepper zu Eberswald.
»Sie haben Hausverbot, Herr Pepper.«
»Rechtlich leider nicht möglich, solange mich Mieter, die hier wohnen, einladen.«
»Also mich interessiert das nicht«, warf Zenker ein, »ist ja eh nur Kleinkram. Weis mir mal eine Wohnung zu, Herr Hausverwalter, und dann könnt ihr euch weiterstreiten. Ich stehe schon viel zu lange auf der Straße herum.«

Eberswald gab nach und ging Zenker voran ins Haus hinein. Pepper stand noch ein paar Augenblicke unschlüssig da und horchte auf eine hübsche kleine Melodie, die aus dem ersten Stock zu ihm herunterdrang und auf einer Querflöte gespielt wurde. Er war froh, seine Kundschafter im Haus zu haben.

Am Abend fanden sich Pit, Jonny und Arnica bei ihm ein. Frau Scheringer war schon da. Herr Bergemaier kam eine halbe Stunde nach den jungen Leuten. Pepper erzählte, ganz gegen seine Gewohnheit, ausführlich, was er erlebt hatte. Herr Bergemaier schüttelte den Kopf.

»Da wandern Sie aber auf einem äußerst schmalen Grat, PP. Wenn Rübezahl davon Wind bekommt, zerreißt er Sie in der Luft.«

»Das hat er früher auch schon probiert, und es ist ihm bis jetzt noch nicht gelungen«, antwortete Pepper fröhlich.

»Trotzdem, ich finde, Sie sollten ihn einweihen.«

»Unsinn«, sagte die Alte, »der Rübezahl bringt doch nur wieder alles durcheinander. Pepper wird schon wissen, was er tut.«

»Da habe ich aber größte Zweifel«, meinte Bergemaier.

Pit, der eine dicke weiße Binde um die rechte Hand trug, sagte: »Wenn der Zenker lügt?«

»Wenn, wenn, wenn«, fuhr Pepper ärgerlich dazwischen, »natürlich ist ein gewisses Risiko dabei. Aber nun hört doch mal: Zenker will den Schmuck zurück. Ich will ihn finden, um bei der Versicherung zu kassieren. Wie soll ich ohne Zenker an die Klunker herankommen? Kann mir das mal jemand sagen?«

»Vielleicht sollten Sie's gar nicht erst versuchen«, warf Herr Bergemaier ein.

»Wenn ich so denken würde, wäre ich besser Schulmeister geworden statt Detektiv.«

Die Stimmung war plötzlich getrübt. Auch Peppers gute Laune war verflogen. Er wußte natürlich, daß Herr Bergemaier mit seinen Einwänden recht hatte. Nur zugeben wollte er das nicht.

Jonny, dem noch der lange Probenabend in den Knochen saß, streckte sich. »Könnte es nicht sein, daß der Eberswald mit diesem Zink längst gemeinsame Sache macht?«
Alle sahen ihn überrascht an. Und wie um sich zu entschuldigen, fuhr Jonny fort: »Nun ja, er heißt doch ›König der Altstadt‹, und das bedeutet doch wohl, daß er die ganze Unterwelt regiert. Er hat immer so viele Verbindungen, daß es für ihn kein Problem war, Zenker aufzuspüren. Und jetzt hat er ihn sozusagen sicher bei sich im Kasten.«
»Die Idee ist nicht schlecht«, sagte Pit.
»Danke!« rief Jonny spitz.
»Wartet mal«, mischte sich nun die Alte ein, »angenommen, der Eberswald hat den Zink an der Hand und den Zenker unter Kontrolle. Wer hat dann diese Brandanschläge verübt, und warum?« Sie sah von einem ratlosen Gesicht in das andere.
»Wir sollten uns in die Theorie nicht so verbeißen«, fuhr sie fort. »Könnte ja sein, daß noch jemand ganz anderes Interesse daran hat, diesen Zenker wieder auf Nummer Sicher zu bringen.«
»Ganz schön kompliziert!« ließ sich Arnica hören. »Also, ich muß jetzt nach Hause.«
»Gibt es irgendwen, der damals in dem Verfahren noch beteiligt war – ich meine, jemand, auf den Zenker genauso einen Haß haben kann wie auf Sie, PP?« fragte Bergemaier.
»Ja, sicher, der Staatsanwalt Knorr. Der hat damals die Anklage vertreten. Ein scharfer Hund. Das Urteil blieb am Ende anderthalb Jahre unter seinem Antrag. Er war richtig zornig darüber, der Knorr.«
»Na ja, der wird ja gewarnt sein«, sagte Bergemaier. »Auf geht's, Leute, ich nehme euch im Auto mit.«
Arnica, Pit und Jonny erhoben sich.
»Augenblick noch«, sagte Pepper, »ich ruf' den Knorr eben mal noch schnell an.«
Er suchte in seinem schwarzen Notizbuch nach der Nummer.

»Es ist aber schon nach zehn Uhr«, wandte Frau Scheringer ein. Aber Pepper ließ sich nicht abhalten. Er wählte, wartete und sagte dann in den Hörer: »Ja, hier ist Paul Pepper... ja, genau der. Herr Dr. Knorr, Sie haben sicher von den Brandanschlägen... ja, genau... doch, doch, bei mir auch und bei Frau Scheringer... Sie sind also gewarnt worden, ja?... Wie bitte?... Aber das ist doch nicht Ihr Ernst, Herr Dr. Knorr... das verstehe ich, ehrlich gesagt, nicht... nun, wie Sie meinen. Gute Nacht!«
Pepper legte auf.
»Er ist also nicht gewarnt worden?« fragte Bergemaier.
»Doch, aber er lehnt jeglichen Schutz ab. Er hält das für Hirngespinste. Im übrigen sei er Waffensammler und gut bestückt. Er könne sich jederzeit selber verteidigen.«
»Nicht zu fassen«, sagte die Alte.
»Und wenn es der Brandstifter nun doch bei diesem Knorr versucht?« fragte Arnica.
»Dann wird ihm der Herr Staatsanwalt vermutlich mit einer Flinte eins aufs Fell brennen, nehme ich an«, gab Pepper zur Antwort.
Die jungen Leute verließen zusammen mit Bergemaier den Salonwagen. Frau Scheringer blieb noch eine halbe Stunde sitzen. Dann brachte Pepper sie nach Hause. Er war seit dem Telefongespräch seltsam unruhig. Auch jetzt hörte er nicht richtig zu, als Frau Scheringer ihm ihre Geschichten erzählte, die sie den Tag über an ihrem Kiosk von den Kunden hörte. Der Laden der Alten war so etwas wie ein Treffpunkt für die ganze Gegend. Man konnte Nachrichten bei ihr hinterlassen, wußte, wen man wann bei ihr treffen konnte, und außerdem gab es immer eine Menge Klatsch und Tratsch zu erfahren. Pepper wünschte Frau Scheringer eine gute Nacht. Er ging aber nicht nach Hause, sondern schlenderte in Richtung Stadtmitte. Er hatte im Telefonbuch nachgesehen, wo Knorr wohnte. In einer halben Stunde konnte er dort sein. Die Stadt war wie ausgestorben. Die erleuchtete Uhr an einer Bushaltestelle zeigte schon 23.20 Uhr an. Pepper gähnte

verhalten. »Eigentlich gehöre ich um diese Zeit ins Bett«, dachte er bei sich selbst. Aber er hätte sowieso nicht schlafen können. Der Fall trieb ihn viel zu sehr um.

Dr. Knorr wohnte in einem Reiheneckhaus in der Bismarckstraße. Die Reihenhäuser standen etwas zurückgesetzt und hatten einen gemeinsamen, langgezogenen und sehr adrett gepflegten Vorgarten. Pepper blieb an der Einmündung der Hindenburgstraße in die Bismarckstraße stehen und suchte den Lichtschatten einer ausladenden Buchsbaumhecke. Die Häuser lagen still und friedlich da. Nur ganz selten fuhr ein Wagen durch die Straßen. Außer Pepper war weit und breit kein Fußgänger unterwegs.

Paul Pepper hatte kein Problem damit zu warten. Er konnte gewissermaßen die Zeit für sich außer Kraft setzen. Dann stand er da, versenkte sich in einen Zustand zwischen Wachen und Träumen, bewegte sich nicht, dachte nichts Bestimmtes und war sehr ruhig und gelassen. Deshalb wußte er auch nicht, wie lange er ausgeharrt hatte, als er plötzlich den Motor eines Jeeps hörte. Sofort war er alarmiert. Alle anderen Fahrzeuge glitten leise, fast unhörbar durch die Bismarckstraße. Die Leute fuhren bewußt langsam und vorsichtig, um möglichst wenig Lärm zu machen.

Aber der Jeepmotor heulte auf, dann quietschten die Reifen. Das Fahrzeug, das ohne Licht fuhr, machte einen Satz und raste davon. Sekundenbruchteile davor hatte es noch vor dem Haus des Staatsanwaltes angehalten.

Pepper lief los. Er sah einen kleinen Gegenstand direkt neben der Haustür liegen. Hinter einem Fenster im Erdgeschoß flammte ein Licht auf, was der Detektiv eher unbewußt registrierte. Er erreichte den Zaun, stützte sich mit der linken Hand auf und sprang mit einer Flanke in den Vorgarten. Das erleuchtete Fenster wurde aufgerissen, und eine scharfe Stimme rief: »Halt! Stehenbleiben oder ich schieße!«

Pepper schlug einen Haken. Ein Schuß peitschte. Das Ding neben der Haustür hatte die Form einer Autobatterie. Pepper hatte sich

flach hingeworfen, sprang aber schon wieder auf und rannte weiter.
»Stehenbleiben!« donnerte die Stimme des Mannes am Fenster.
»Aber da, die Bombe«, keuchte Pepper.
Er hatte nur noch wenige Schritte. Instinktiv schlug er jedoch noch mal einen Haken und warf sich erneut ins Gras. Ein zweiter Schuß. Pepper sprang auf, erreichte das viereckige Ding, packte es und warf es, so weit er konnte.
Der Metallkasten trudelte durch die Luft, kam mitten auf der Straße auf, und in der nächsten Sekunde schoß eine ungeheure rotgelbe Stichflamme in den Himmel. Pepper wurde gegen die Hauswand geworfen und spürte einen stechenden Schmerz in der Schulter. Fensterscheiben klirrten. Ein Regen aus Steinen, Erdbrocken und Sand ging über Pepper nieder.
Wenige Augenblicke später war ein heilloses Stimmengewirr in der Straße. Rechts hinter Pepper wurde die Haustür geöffnet. Staatsanwalt Dr. Knorr erschien im Licht des Treppenhauses. Pepper, der an der Wand herabgerutscht war und auf dem Boden saß, schaute zu ihm auf.
»Wenn Sie mich getroffen hätten, Dr. Knorr, würden Sie wohl kaum mehr leben.«
Knorr nickte ernst. »Bitte, kommen Sie, Herr Pepper. Ich glaube, wir brauchen beide etwas zur Beruhigung.«
Pepper achtete nicht darauf, daß seine Kleider und seine Schuhe verschmutzt waren. Er ließ sich erschöpft in Knorrs schönsten Ledersessel fallen und nahm dankbar einen Schnaps entgegen.
»Wußten Sie, daß das passieren würde?« fragte Knorr.
»Nein. Aber ich hatte so ein seltsames Gefühl. Allerdings, daß die Täter so weit gehen würden...«
»Die Täter? Es ist doch mit Sicherheit dieser verrückte Zenker, den die Richter zu früh herausgelassen haben.«
Pepper wiegte seinen Kopf hin und her. »Ich hab' da eine andere Theorie.«

Aber er kam nicht mehr dazu, sie zu erläutern, denn jetzt stapfte Rübenach durch die Haustür, die nur angelehnt gewesen war.
»In der Straße ist ein Krater mit einem Durchmesser von mindestens drei Metern«, sagte er statt einer Begrüßung.
»Peppers Werk«, sagte der Staatsanwalt mit einem leichten Anflug von Humor.
Rübenach sah Pepper finster an. »Sie also schon wieder.«
»Er hat die Bombe nur von meiner Haustür wegbefördert. Und das unter erschwerten Bedingungen«, sagte Knorr, »ich habe nämlich dabei noch auf ihn geschossen.«
Rübenach brummte: »Ich sage ja immer, der Pepper hat einen Schutzengel. Und der braucht ihn auch. Jetzt aber zu Ihnen, Herr Dr. Knorr. Ich hatte Sie gebeten, Polizeischutz anzunehmen.«
»Und ich habe abgelehnt.«
»Leider. Das war ein Fehler.«
»Ich bin nicht gewohnt, mir von Polizisten Lehren erteilen zu lassen. Als Polizeibeamter sind Sie Hilfsbeamter der Staatsanwaltschaft.«
»Ach, spielen Sie sich doch nicht auf, Mann«, sagte Rübenach grob. Und zum ersten Mal seit langer Zeit war er Pepper wieder einmal sympathisch.
»Hätten Sie vernünftig gehandelt, hätten wir den Kerl vielleicht auf frischer Tat ertappt.«
»Es ist Zenker«, schnappte der Staatsanwalt, »suchen Sie ihn, finden Sie ihn, verhaften Sie ihn.«
»Ganz einfach ist das, nicht wahr. Der Herr Knorr weist es an, wir führen aus.«
Pepper meldete sich: »Der Täter ist nicht Zenker.«
Die beiden anderen starrten ihn an wie eine Erscheinung.
»Natürlich ist es Zenker«, sagte Rübenach, als er sich wieder gefangen hatte.
»Nein«, sagte Pepper sehr ruhig, »Zenker braucht Zeit, Ruhe und viel Geduld, um seine Fünf-Millionen-Beute wiederzufinden. Er

kann sich keine Störungen erlauben. Schon gar nicht eine Verhaftung. Zenker ist zwar ein Bullerkopf, aber er ist nicht dumm. Wir wissen inzwischen, daß er neunzig Prozent seiner Beute verloren hat. Schmuck und Gold im Wert von rund 4,5 Millionen Mark. Und er versucht, diesen Schatz zurückzuholen. Dafür braucht er nun mal Ruhe, Ruhe und nochmals Ruhe an allen anderen Fronten. Andererseits ist da der Mann, der ihm die Beute abgenommen hat und der immerhin so klug war, bislang kein einziges Stück davon zu Geld zu machen. Dieser Mann ist vor Zenker nur sicher, wenn Zenker eingesperrt oder tot ist. Der geheimnisvolle Mann weiß sehr genau, daß nur Zenker von seinem Geheimnis weiß. Jeder Mitwisser wäre eine Gefahr für beide. Also schweigt Zenker und versucht, den Mann auf eigene Faust und Rechnung zu erwischen. Nur, der schaut nicht tatenlos zu. Er unternimmt vielmehr alles, was Zenker erneut ins Gefängnis bringen muß – die billigste Art, einen solchen Rivalen loszuwerden. Außerdem glaube ich nicht, daß dieser mysteriöse Unbekannte ein Killer ist.«

»Mich hätte er aber um ein Haar getötet«, sagte Knorr.

»Aber nur, weil Sie – entschuldigen Sie – so dämlich waren, ans offene Fenster im Erdgeschoß zu treten. Wo schlafen Sie?«

»Nach hinten hinaus, da ist es ruhiger.«

»Na also. Ihr Haus hätte vielleicht gebrannt, obwohl das bei einem solchen Betongebäude unwahrscheinlich ist. Immerhin, die Fenster und Türen sind zu Bruch gegangen, und das Dach hat es zu einem Teil abgedeckt. Das genügt diesem Mann.«

Rübenach hatte sehr aufmerksam zugehört, was bei ihm selten genug vorkam. Jetzt sagte er: »Ihre Theorie hat verdammt viel für sich, PP!«

Wenn er PP sagte, deutete er damit zugleich an, daß er Pepper in diesem Augenblick besonders wohlgesonnen war.

»Ich frage mich nur«, fuhr Rübenach fort, »wie Sie darauf gekommen sind.« Er schaute den Detektiv lauernd an.

Pepper zeigte keinerlei Reaktion. »Durch schlichtes Nachdenken,

Herr Hauptkommissar. Nur mit Hilfe meiner kleinen grauen Zellen.«

»Erstaunlich!« sagte Rübenach.

Pepper erhob sich. »Ich werde mich dann mal aufs Ohr legen. Für Ihr Protokoll noch, Herr Rübenach: Es war ein grauer Jeep der Marke Mitsubishi, festes Verdeck. Am Steuer ein Mann, soweit ich das sehen konnte. Von der Nummer konnte ich nur die beiden letzten Ziffern festhalten. Zweimal die 7.«

Er ging zur Tür.

»Moment noch«, rief Rübenach, »wie sind Sie eigentlich überhaupt dazugekommen?«

»Das wird Ihnen Dr. Knorr erzählen«, sagte Pepper gähnend und verließ das Haus.

Draußen standen die Menschen immer noch auf der Straße herum und diskutierten das Ereignis. Pepper schaute einen Augenblick in den Krater hinein. Es war ein gewaltiges Loch entstanden. Zum Glück lagen hier keine Leitungen, sonst hätte er mit seinem Wurf womöglich die Wasser- oder Gasversorgung des ganzen Viertels lahmgelegt. Pepper ging langsam die Straße hinunter und bog in einen beschaulichen Gartenweg ein.

Das Wetter hatte sich beruhigt. Jetzt standen sogar zwischen den Wolkenfeldern vereinzelt Sterne am Himmel.

»Ein langer Arbeitstag«, sagte Pepper leise zu sich selbst.

Das war eine Eigenschaft, die er neuerdings immer häufiger an sich entdeckte, daß er mit sich selbst sprach.

»Ein Glück, daß ich die Kinder habe«, sagte er, »sonst würde ich auf meine alten Tage vielleicht doch noch wunderlich.«

»Was haben Sie gesagt?« fragte ein junger Mann, der ihn genau in diesem Augenblick überholte.

»Nichts, nichts!«

»Na dann«, sagte der junge Mann und verfiel in Trab.

»Jetzt hab' ich doch schon wieder mit mir geredet«, sagte Pepper zu sich selbst.

Wer ist der Mann mit der Maske?

Paul Pepper haderte mit sich selbst. Eberswald und Zenker hatten die besseren Karten in diesem Spiel, da gab es keinen Zweifel. Wenn sie sich gegen ihn zusammentaten, hatte er keine Chance, an Zenkers einstige Beute zu kommen. Außerdem: Eberswald war skrupellos. Er würde mit dem Unbekannten kurzen Prozeß machen, wenn er ihn fand, da war sich Pepper ganz sicher. Er wälzte die Gedanken hin und her und fand in dieser Nacht kaum Schlaf, zumal die Erregung in ihm seit dem Bombenattentat kaum abgeklungen war. So fühlte er sich am Morgen müde und zerschlagen, als Frau Scheringer an die Tür seines Salonwagens klopfte und ihm zum Frühstück frische Brötchen und ein Glas selbstgemachte Himbeermarmelade brachte.

»Sie sehen aus, als ob Sie heute nacht Gespenster gesehen hätten«, begrüßte sie ihn.

»Hab' ich auch«, gab Pepper brummig zurück. Er hatte nur schnell einen Bademantel über seinen Schlafanzug gezogen. »Ich mach' uns einen Kaffee«, rief er von der Küche her. »Das ist ein siebenmal verzwickter Fall. Da helfen alle Indizien und Erkenntnisse nichts, solange wir diesen Zink nicht finden. Und der scheint sich in Luft aufgelöst zu haben.«

»Aber er materialisiert sich, sobald es ein Haus anzuzünden gibt, was?« rief die Alte in Richtung Küche.

»Weiß der Himmel!« Pepper kam mit zwei Tassen und zwei Tellern und begann, den Tisch zu decken. »Müssen Sie denn nicht Ihren Laden aufmachen?« fragte er.

»Ich hab' ein Schild drangehängt – ›Vorübergehend geschlossen‹.«

»Hm«, machte Pepper, »das wird Ihren Umsatz bestimmt gewaltig steigern.« Er biß in eines der knusprigen Brötchen, während er in

die Küche zurückging. »Der Eberswald läßt den Zenker über die Klinge springen, sobald er am Ziel ist.«
»Dann dürfte man den aber nicht aus den Augen lassen«, sagte Frau Scheringer.
»Sagen Sie das mal Rübezahl«, kam es aus der Küche, »der erzählt Ihnen gleich was von Personalnot und vagem Verdacht.«
»Auf jeden Fall könnten die Kinder in der Kreuzstraße ein Auge auf ihn haben.«
Pepper kam mit dem Kaffee.
»Lassen Sie das die bloß nicht hören, daß sie ein Auge auf den haben sollen, die spielen doch zu gerne Detektiv.«
Er stellte den Kaffee mit einem zufriedenen Seufzer ab. »Es gibt für einen alten Mann einfach nichts Besseres als ein gutes Frühstück.«
»Wenn ich so jung wäre wie Sie, würde ich noch nicht mit meinem Alter angeben«, sagte die Alte und biß kräftig in ein Brötchen.

Am späten Nachmittag trafen die Leute von Pits Band nacheinander in dem Eckhaus an der Kreuzstraße ein. Jonny war der erste. Er bearbeitete die kleine Trommel mit dem Besen. Tom, der Banjospieler, kam als nächster. Er nahm den Rhythmus gleich auf und spielte ein kurzes Solo dazu. Heinz pfiff die Melodie schon im Treppenhaus. Aber er konnte nicht gleich miteinsetzen, weil sich seine Gitarre verstimmt hatte. Pit und Miles kamen gemeinsam. Miles sagte im Treppenhaus: »Die Band und der Probenraum werden mir fehlen, wenn wir hier unsere Aufgabe erfüllt haben.«
»Na ja, vielleicht läßt sich ja was anderes machen«, antwortete Pit. In diesem Augenblick wurde unten die große Haustür aufgemacht. Pit beugte sich über das Treppengeländer.
Leise sagte er zu Miles: »Das ist Eberswald. Los, wir müssen rauf, Krach machen!«
Aber dann packte er Miles am Ärmel. »Nein, warte, der geht in den Keller.«

Jetzt fiel ihm wieder ein, daß PP gesagt hatte, sie sollten ein Auge auf den Eberswald haben. »Geh du mal rauf zu den anderen und legt los. Ich will mal sehen, was der hier macht«, flüsterte er rasch dem Trompeter zu.

»Aber...« Miles kam nicht weiter, weil Pit bereits auf dem unteren Treppenabsatz war und ihn nicht mehr hörte. Miles zuckte die Achseln und stieg vollends zu den Proberäumen hinauf.

Pit war einigermaßen erfahren im Beschatten von Zielpersonen. Er wartete, bis Eberswald die Barriere aus den rot-weißen Latten passiert und wieder akkurat zurechtgerückt hatte. Erst dann tastete auch er sich in den Kellergang hinein. Er sah, wie Eberswald am Ende des Korridors eine Tür öffnete und dahinter verschwand. Gespannt lauschte Pit, ob sich ein Schlüssel im Schloß drehte oder ein Riegel vorgeschoben wurde. Aber er konnte nichts dergleichen hören. Also schlich er weiter. Vor der schweren Tür verharrte er, bis sein Atem gleichmäßig ging. Dann legte er die Hand auf die Klinke. Sie fühlte sich kalt an. Nun profitierte auch Pit davon, daß Eberswald die Türangeln regelmäßig ölte. Ohne Geräusch schwang der rechte Flügel auf. Erstaunt starrte Pit in den riesigen Gewölbekeller und auf den quaderförmigen, weißen Block in der Mitte, der wie ein riesiger Zuckerwürfel aussah. Er hörte undeutlich leise Stimmen, die offensichtlich aus diesem ›Zuckerwürfel‹ herausdrangen. Aber er konnte sich nicht nähern. Das Licht der Neonröhren an der gewölbten Decke war heller als der Tag. Verstecke gab es nicht, denn der ganze Keller war peinlich saubergehalten und es stand oder lag kein einziger Gegenstand herum. Nur dieser Block in der Mitte.

Jetzt öffnete sich dort eine Tür. Pit zog sich zurück und ließ die bogenförmige Tür nur einen schmalen Spalt offen. Eberswalds Stimme war gut zu verstehen. Der ›König der Altstadt‹ wirkte nervös und aufgebracht.

»Also wirklich«, schrie er, »du gehst mir langsam auf den Geist. Hab' ich denn gesagt, du sollst dich hier unten vergraben? Von mir

aus kannst du Tag für Tag draußen in der Sonne spazierengehen. Wir haben seit heute eine Hochdruckwetterlage. Die Sonne scheint tatsächlich. Also, geh spazieren, soviel du willst, und tu etwas für deine angegriffenen Nerven, Kastinger.«
»Nein!« Die andere Stimme klang höher und ebenfalls nervös. Aber wenn Pit sich nicht sehr täuschte, hatte sie auch einen ängstlichen Beiklang.
»Aber warum denn nicht?«
»Ich fürchte mich vor Zenker!«
»Jetzt ist es also raus. Du hast schon neulich bei dem Namen so komisch reagiert.«
Es trat eine Pause ein. Pit schob den Kopf ein wenig vor, um besser sehen zu können. Der andere, ein grauhaariger, älterer Mann in einem weißen Mantel, ging aufgeregt im Keller auf und ab. Die Hände hatte er auf dem Rücken verschränkt. Eberswald lehnte an der Wand des weißen Blockes und beobachtete ihn genau.
»Sag mal«, flüsterte Eberswald jetzt, Pit hatte große Mühe, ihn zu verstehen, »hast du eigentlich immer Kastinger geheißen?«
»Natürlich, seit meiner Geburt!« brüllte der Mann im weißen Mantel.
»Und nicht etwa zwischendurch mal Zink?«
Der Mann blieb abrupt stehen und straffte sich.
»Weißt du etwa, wer Zink ist?«
Eberswalds Gesicht nahm einen leicht dämlichen Ausdruck an.
»Ich dachte, du...«
Kastinger brach in schallendes Gelächter aus. »Das ist gelungen«, rief er, als er sich wieder beruhigt hatte, »großartig ist das. Ich soll Zink sein!«
Er krümmte sich vor Lachen, bis Eberswald ihn anherrschte: »Hör endlich auf!«
Kastinger straffte sich wieder. Dann sah er Eberswald ins Gesicht. »Nichts wüßte ich lieber als wer Zink ist, garantiert. Aber da kommt wohl keiner dahinter!«

»Außer Pepper vielleicht«, sagte Pit ganz leise zu sich selbst, denn er hatte grenzenloses Vertrauen zu dem Detektiv.
»Was hast du bloß gegen Zenker?« fragte nun Eberswald den Mann im weißen Mantel.
»Er ist rachsüchtig.«
»Hast du ihm etwas getan?«
»Nein!«
»Also dann...!«
»Aber er weiß es nicht. Zenker denkt, ich hätte ihn gelinkt. Dabei hat ihn nur Zink gelinkt. Zink hat mit gezinkten Karten gespielt. Hat ihn mit gezinkten Karten gelinkt, hahaha!«
Kastinger schien Gefallen an seinem Wortspiel zu finden.
Doch die Art, wie er es jetzt noch zwei- oder dreimal wiederholte, machte auf Pit einen irren Eindruck.
»Das weißt du also«, sagte Eberswald mit schneidender Stimme.
»Ja, das weiß ich.«
»Und wie hat er es gemacht?«
»Er hat ihm Schmuck und Gold im Wert von 4,5 Millionen Mark abgenommen.«
»Ach. Und woher weißt du das?«
»Ich war sozusagen dabei!«
»Du warst...?«
»Ja, ich habe den Kontakt zwischen den beiden hergestellt.«
»Aber dann mußt du diesen Zink doch kennen.«
»Eben nicht. Und genau das ist es, was mir Zenker nicht glaubt.«
»Jetzt noch mal ganz langsam zum Mitdenken«, sagte Eberswald.
»Du hast den Kontakt zwischen Zenker und diesem Zink hergestellt, ohne Zink zu kennen?«
»So ist es.«
»Aber wie konntest du denn dann...«
»Paß auf!« sagte Kastinger, der froh zu sein schien, endlich einmal über diese Geschichte reden zu können. »Paß auf!« wiederholte er. »Eines Abends gehe ich durch die Hasengasse. Ich hatte da-

mals noch einen Hund, einen kleinen, grauen, struppigen...«
»Ja, ja, ja, laß mich doch mit dem Hund in Frieden, erzähl weiter!«
»... Rauhhaardackel. Es war ein lieber Kerl. Später ist er an Herzwassersucht eingegangen. Nun ja. Ich gehe also mit Schnauzi, so hieß der Rauhhaardackel...«
»Mein Gott noch mal, komm endlich zur Sache!«
»Ich gehe also mit Schnauzi durch die Hasengasse. Da steht plötzlich ein Mann vor mir. Ein Mann mit einem gut geschnittenen grauen Flanellanzug. Ein großer, kräftiger Kerl, aber nicht unelegant in seinen Bewegungen. Ein Mann, würde ich sagen, der Lebensart hatte. Außer, daß er...« Kastinger schien zusammenzuschaudern.
»Außer, daß er was?« fuhr ihn Eberswald an.
»Außer, daß er eine Maske vor dem Gesicht trug. Er sagte: ›Bitte erschrecken Sie nicht, mein Herr. Ich weiß, daß Sie Herrn Zenker kennen. Ich habe auch die Ehre, mit ihm bekannt zu sein. Flüchtig allerdings nur. Ich würde ihn gerne näher kennenlernen. Aber ich möchte jedes Risiko vermeiden.‹ Das hat er alles genauso wörtlich gesagt, kannst mir glauben. Ich habe ein gutes Gedächtnis für derlei Dinge, kann mir zum Beispiel ganze Passagen aus einem Theaterstück wortgetreu merken.«
»Ja, ja, ja, das glaube ich ja. Aber wer war der Mann?«
»Zink, nehme ich an. Er wollte Zenker treffen, und später hat Zenker behauptet, Zink habe ihn geleimt. Also! Nur hat Zenker dummerweise immer auch behauptet, ich hätte mit dem maskierten Mann unter einer Decke gesteckt!« Jetzt nahm Kastingers Stimme einen weinerlichen Ton an. »Und das stimmt einfach nicht. Es ist gelogen. Ich kannte den Mann nicht. Wann immer ich ihn gesehen habe, hat er eine Maske getragen. Immer. Ich würde ihn an der Stimme erkennen. Aber sein Gesicht habe ich nie gesehen. Und ich habe nicht mit ihm zusammengearbeitet. Für meine Botengänge zu Zenker hat er mir ein Stück Gold gegeben.«

»Ein Stück Gold?«
»Ja, einen Barren von der kleinsten Sorte, aber immerhin hat er mir damals über 500 Mark gebracht, und das war für mich zu jener Zeit sehr viel Geld.«
Eberswald hatte jetzt begonnen, genauso aufgeregt auf und abzugehen wie noch kurz zuvor Kastinger.
Schließlich sagte er: »Das ist zwar nicht viel, aber es kann uns weiterhelfen. Ich würde sagen, du machst jetzt weiter, Kastinger.«
»Gut, gut!« Der Mann im weißen Mantel schien sich wieder gefangen zu haben. »Ich bin mit den Platten fast fertig. Morgen gehe ich an den Druckstock. In drei Tagen können wir mit der Produktion anfangen.«
»Na, fabelhaft!« rief Eberswald begeistert. »Kann ich irgend etwas für dich tun? Brauchst du etwas? Sag, was du willst, du kannst alles bekommen. Ich hol' dir die feinsten Delikatessen aus dem feinsten der feinen Feinkostläden.«
»Danke, ich habe, was ich brauche«, sagte Kastinger.
Er ging jetzt schnell auf den weißen Block zu und verschwand in der Tür. Pit klinkte die Tür leise ein und rannte den Gang hinunter. Er mußte so schnell wie möglich Pepper erreichen.

Im Salonwagen war die Spannung mit den Händen zu greifen, als Pit seinen Bericht gab. Frau Scheringer hörte sogar auf zu stricken. Pepper machte sich Notizen. Er unterbrach Pit kein einziges Mal. Als der Junge fertig war, nickte Pepper ein paarmal mit dem Kopf. Dann sagte er: »Gute Arbeit, mein Junge, ganz ausgezeichnete Arbeit. Hoffentlich hat Eberswald keine Spuren von dir gefunden.«
»Glaube ich nicht.«
»Reimt sich denn aus all dem etwas zusammen?« fragte die Alte.
»Wenig im Augenblick«, antwortete Pepper, »aber das muß nicht so bleiben. Kastinger! Den Namen kenne ich. Er hat die besten Paßfälschungen gemacht. Und nach allem, was du erzählst, ist er

Stadtbücherei
Niddastraße 1
6368 BAD VILBEL

jetzt dabei, Geld zu fälschen. Deshalb plant also Eberswald, die Leute loszuwerden und das Haus abzureißen. Mit dem Haus verschwinden alle Spuren. Und er macht mit dem Baugelände noch ein Geschäft. Na ja, wegen seiner schönen Augen allein nennt man ihn nicht den ›König der Altstadt‹. Was haben wir also? Einen Falschmünzer namens Kastinger, der im Keller des Gebäudes Kreuzstraße 34 in drei Tagen beginnen will, Blüten zu drucken. Dann seinen Auftraggeber, diesen Eberswald, der diese Blüten an den Mann bringen wird und der außerdem noch Zenker bei sich aufgenommen hat. Dann einen Mann mit der Maske, der vielleicht Zink gewesen sein kann.«

»Warum kann er denn nicht Zink sein?« wollte die Alte wissen.

»Weil Zink keine Maske brauchte. Den hat doch jeder gekannt, der im Viertel halbwegs zu Hause war. Der Mann mit der Maske muß ein anderer sein.«

»Also das verstehe ich nicht«, sagte Pit.

»Im Augenblick versteht das noch niemand.« Pepper stopfte sich seine Lieblingspfeife. Und das war immer ein Zeichen dafür, daß er guter Laune war. Tatsächlich sagte er jetzt auch ungewöhnlich aufgeräumt: »Es geht vorwärts, Leute. Ich sehe Licht am Ende des Tunnels. Verschwommen zwar noch, aber es wird hell. Ihr werdet sehen.«

»Müßten wir jetzt nicht eigentlich Rübezahl verständigen?« fragte die Alte.

»Nein«, antwortete Pepper bestimmt. »Ich muß erst noch herauskriegen, wann Kastinger dem Mann mit der Maske zum ersten Mal begegnet ist. Das ist die alles entscheidende Frage. Eberswald blickt nicht durch. Noch nicht. Sonst hätte er diese Frage nämlich gestellt.«

»Welche?«

»Nun, wie ich sagte: Wann hat Kastinger den Mann mit der Maske getroffen? Vor dem Einbruch bei dem Juwelier Zorn oder nachher?«

»Ich verstehe bloß Bahnhof«, sagte Pit.
Und Frau Scheringer fragte: »Was soll das für eine Rolle spielen, vorher oder nachher?«
Peppers Gesicht bekam einen listigen Zug. »Eine entscheidende, liebe Alte, eine entscheidende – vielleicht!«

Um die gleiche Zeit saß Eberswald bei Zenker in dessen Wohnung im vierten Stock des alten Jugendstilhauses in der Kreuzstraße. Die Zimmer wirkten kahl. Eberswald hatte ein paar Matratzen, einen Tisch und drei Stühle, einen alten Schrank und ein Regal heranschaffen lassen. Aber die Möbelstücke verloren sich in der geräumigen, hohen Fünf-Zimmer-Wohnung. Jeder Schritt und jedes Wort hallte. Es war unangenehm, sich zu unterhalten, und unwillkürlich senkte man seine Stimme zu einem Flüstern, damit nicht jedes Wort von den Wänden zurückgeworfen wurde.
»Was sagt dir der Name Kastinger?« fragte Eberswald.
»Ein Verräter!«
»Glaube ich nicht!«
»Du weißt doch gar nicht, um was es geht, Eberswald.«
»Doch. Kastinger hat dich mit einem maskierten Mann zusammengebracht. Und der Maskierte war Zink!«
»Quatsch. Kastinger hat mich tatsächlich mit einem Maskierten zusammengebracht, aber das war nicht Zink.«
Eberswald versuchte, sich einen Reim darauf zu machen, aber er kam dabei zu keinem befriedigenden Ergebnis.
»Das mußt du mir näher erklären«, sagte er.
»Später. Woher kennst du Kastinger?«
»Er arbeitet für mich.«
Zenker pfiff durch die Zähne. »Schau an, schau an. Da hast du dir allerdings einen guten Mann geangelt. Aber paß auf, der verrät dich schneller als du glaubst.«
»Unsinn. Er hat dich auch nicht verraten.«
Zenker musterte Eberswald mißtrauisch. »Sagt er das?«

»Ja. Er schwört Stein und Bein. Den Mann mit der Maske kennt er nicht.«
»Wenn er ihn für Zink hält, kennt er ihn tatsächlich nicht. Aber das kann einer von seinen schlauen Tricks sein. Kastinger ist ein Genie. Er fälscht dir einen Ausweis, daß ihn jeder Bulle für echter als einen echten hält. So etwas gibt's in ganz Europa nicht mehr. Und er weiß viel. Kastinger ist einer, der immer und ewig studiert, liest, lernt und wieder studiert. So einer ist das. Und so einer ist unsereinem schnell mal überlegen.«
»Unsinn. Mir gehorcht er aufs Wort.«
»Auch so ein Trick von ihm!« Zenker grinste hämisch.
»Glaubst du?«
»Ich wäre auf jeden Fall vorsichtig.«
»War denn Zink irgendwann einmal anwesend, als es um diese Juwelen ging?« fragte Eberswald unvermittelt.
»Klar, war er.«
»Zusammen mit dem Maskierten?«
»Ja, genau.«
»Das heißt also, die beiden haben gemeinsame Sache gemacht.« Eberswald ging auf und ab. Unter seinen Schritten knarrten die Dielen. Von unten klang ein alter Beatles-Song herauf.
»Sag mal, fändest du es nicht am besten, du würdest mir klaren Wein einschenken, Zenker?« fragte Eberswald.
»Nein!«
»Du hast also kein Vertrauen!«
»So ist es.«
»Und warum bist du dann hier, verdammt noch mal?«
»Weil du mir nützen kannst und weil du glaubst, daß ich auch dir nützen kann. Du bist also sozusagen in der gleichen Rolle wie Paul Pepper.« Zenker lachte leise in sich hinein.
»Sehr schmeichelhaft!«
»Laß mal, der Pepper ist in Ordnung. Der versteht seinen Job. Dem würde ich weit weniger verraten als dir.«

»Ja, weil ich dich nicht zurück in den Knast bringen kann.«
»Da bin ich mir gar nicht so sicher!« Zenker fixierte seinen neuen Freund aus schmalen Augen.
Eberswald kochte innerlich vor Wut. Von niemandem in der Altstadt würde er sich so etwas bieten lassen. Aber Zenker gegenüber mußte er vorerst noch freundlich sein. Am ärgerlichsten war, daß Zenker offensichtlich seine Gedanken lesen konnte. Für Eberswald war klar, daß er diesen Juwelenräuber sofort loswerden mußte, wenn er erst einmal das Gold und den Schmuck hatte. Und seitdem Kastinger geredet hatte, war er sich gar nicht mehr so sicher, ob er Zenker überhaupt noch brauchte, um den Mann mit der Maske und diesen Zink zu finden.
Er ging zur Tür, drehte sich noch einmal um und sagte mit seiner sanften, melodischen Stimme: »Wir sollten nicht streiten. Gemeinsam schaffen wir's. Einer allein nicht.«
»Mal sehen«, sagte Zenker grinsend. »Warten wir's ab. Ich jedenfalls bin auf der Hut. Gute Nacht, Eberswald. Und sag doch bitte den Krawallmachern da unten, sie sollen aufhören.«
Damit warf er sich auf sein Matratzenlager. Eberswald trat ins Treppenhaus hinaus und zog die Tür hinter sich zu. Sein Gesicht war wutverzerrt.
Im ersten Stock riß er die Tür auf und brüllte: »Aufhören! Die Leute beschweren sich schon!«
Die Musik brach ab.
Herr Melchior, der gerade die Treppe heraufkam, traute seinen Ohren nicht. Als ob es Eberswald schon einmal etwas ausgemacht hätte, wenn sich einer der Hausbewohner beschwerte. Melchior glaubte, die Stimmung ausnützen zu können.
»Sagen Sie, Herr Eberswald, wollen Sie mir nicht mal einen Schlüssel für den Keller geben. Sie haben doch alle Schlösser auswechseln lassen und, und...«
»Der Keller ist gesperrt. Da herrscht Einsturzgefahr. Wie oft muß ich das noch sagen. Ich habe die Schlösser ja überhaupt nur des-

halb auswechseln lassen, daß da nicht mal aus Versehen jemand runtergeht. Und das bleibt so.«

»Aber ich als Hausmeister...«

»Hat sich was mit Hausmeister. In ein paar Wochen sind hier alle raus. Dann brauche ich auch keinen Hausmeister mehr.«

Eberswald rannte die Treppe hinunter und schlug die Haustür krachend hinter sich zu. Aus der Wohnung im ersten Stock kamen die jungen Musiker.

»Der hat vielleicht eine Laune«, sagte Melchior.

»Machen Sie sich nichts draus«, rief Arnica gut gelaunt, »in ein paar Tagen hat Herr Pepper den Eberswald überführt, und dann kommt er so oder so ins Gefängnis!«

Niemand hatte bemerkt, daß drei Stockwerke über ihnen leise die Tür geöffnet worden war und Zenker sich über das Geländer gebeugt hatte.

Entscheidung im Gewölbekeller

Paul Pepper hatte endlich wieder einmal gut und fest geschlafen. Er stand erst gegen neun Uhr auf, machte ein paar Freiübungen in der *Grünen Idylle,* wie er sein Gartengrundstück nannte, während drinnen in der kleinen Küche die Kaffeemaschine brodelte. ›Eigentlich habe ich doch ein schönes Leben‹, dachte er, ›keine festen Bürostunden, keinen Chef, der mir etwas zu sagen hat.‹ Er beugte sich über einen Haselnußstrauch, der schon kräftige Triebe bekam. »Ja, ja«, sagte Pepper zu sich selbst, »der Frühling kommt

mit Macht!« Er ging in seinen Eisenbahn-Salonwagen zurück und richtete sich ohne Hast sein Frühstück. Dabei pfiff er leise ein altes Seemannslied vor sich hin.
Erst als er ausgiebig gefrühstückt und das Geschirr weggeräumt hatte, erlaubte er es sich, wieder an den Fall zu denken, an dem er arbeitete. Er zog ein Blatt Papier aus einer Schublade und malte Kreise und Pfeile und Linien darauf. In die Kreise kamen verschiedene Namen, und die Linien und Pfeile sollten die Verbindungen zwischen den Namen kennzeichnen. Nach einer halben Stunde war eine Art graphische Darstellung entstanden.

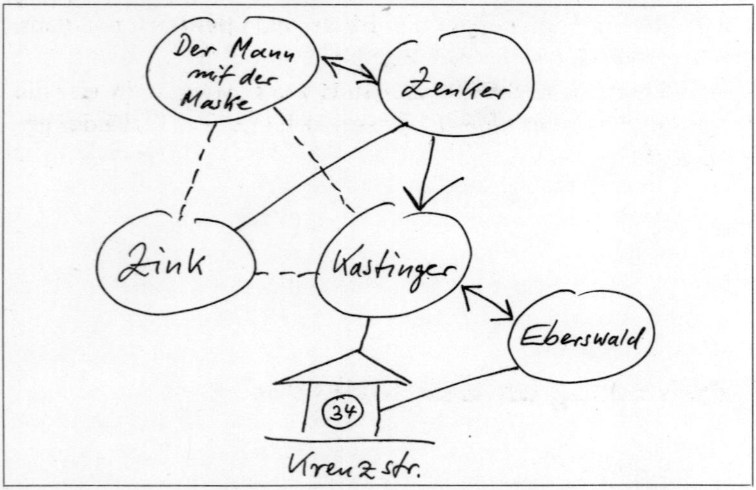

Pepper starrte eine Weile auf sein Werk. Dann tippte er mehrfach mit der Spitze seines Bleistiftes auf den Namen Kastinger. Der wirkte auf dieser Zeichnung fast wie eine Spinne im Netz. Auf jeden Fall war er der einzige, der zu jedem in diesem Verwirrspiel schon einmal Kontakt gehabt hatte.
»Ich muß mit diesem Kastinger sprechen. Unbedingt!« murmelte Pepper vor sich hin, als er das Papier zerknüllte und in den Ofen warf.

Später am Tag fuhr Pepper mit dem Bus in die Innenstadt. Er stieg an der Haltestelle Tauberstraße aus und ging gemächlich in die Hortensiengasse hinein, die in den letzten Jahren zu einer exklusiven Ladenstraße ausgebaut worden war. Eines der schönsten Geschäfte war das des Juweliers Zorn. Pepper blieb eine Weile vor dem Schaufenster stehen. Schließlich betrat er das vornehme Geschäft, in dem er sich mit seinen einfachen Kleidern, den derben Schuhen und seiner abgenutzten Baskenmütze ein wenig deplaziert vorkam.

Die Verkäuferin ließ sich jedoch nichts anmerken.

»Was kann ich für Sie tun?« fragte sie freundlich.

»Ich hätte gern Herrn Zorn gesprochen.«

»In welcher Angelegenheit?«

»Nun, das ist schon ein paar Jahre her, daß wir miteinander zu tun hatten«, sagte Pepper. »Aber Herr Zorn wird sich vielleicht trotzdem erinnern. Mein Name ist Paul Pepper.«

»Das Problem ist nur, daß Herr Zorn auf Reisen ist.«

»Ach ja. Länger?«

»Zwei Wochen, glaube ich, so genau sagt er uns das immer nicht.«

»Mhm, das ist dumm.« Pepper kratzte sich ungeniert am Kopf, daß die Baskenmütze wackelte. »Doch da kann man nichts machen.«

Pepper bedankte sich höflich, deutete eine Verbeugung an und verließ das Juweliergeschäft. Er blieb einen Augenblick unter der Tür stehen. In seinem langen Leben als Fahnder und Detektiv hatte er sich eine ganze Menge Tricks angeeignet. Einer der einfachsten war, Fenster als Spiegel zu nutzen. Pepper hob den Kopf und ließ seinen Blick über die Schaufenster eines gegenüberliegenden, zweigeschossigen Textilgeschäftes gleiten. Zorns Juwelierladen spiegelte sich dort nur undeutlich, aber immerhin deutlich genug, daß Pepper sehen konnte, wie hinter ihm im ersten Stock jemand vorsichtig einen Vorhang zur Seite schob.

Zufrieden lächelnd ging Pepper die Hortensiengasse hinunter

Richtung Tauberstraße. Einen Moment lang überlegte er, ob er die paar hundert Meter bis zur Kreuzstraße gehen sollte, denn die Tauber- und die Kreuzstraße stießen in spitzem Winkel aufeinander. Dort befand sich auch eine Bushaltestelle. Pepper zog es dann aber vor, ein Taxi abzuwinken und sich nach Hause chauffieren zu lassen.

Am späten Nachmittag schloß sich Pepper den jungen Leuten an, als sie zur Musikprobe fuhren. Unterwegs verabredeten sie einen Schlachtplan. Pepper wollte an der Bushaltestelle zunächst noch fünf Minuten warten und dann ebenfalls zu dem Jugendstilhaus gehen. Er hatte vor, in den Keller einzudringen und möglichst mit Kastinger ins Gespräch zu kommen. Pit, Jonny und Arnica sollten ihm den Rücken freihalten. Das heißt: Sie wollten ihn warnen, falls Eberswald überraschend auftauchte, und ihn dann so lange wie möglich aufhalten.

Ganz wohl war Pepper bei dieser Aktion nicht. Aber er wußte, daß er im Grunde keine andere Wahl hatte, wenn er weiterkommen wollte. Kastinger war fraglos eine Schlüsselfigur. In der Hosentasche Peppers klapperte der Ring mit den verschiedenen Dietrichen. Das Haus wirkte menschenleer, als der Detektiv die große Haustür aufdrückte. Von oben klang Jonnys Schlagzeug herunter, dann fiel Miles mit seiner Trompete ein. Irgendwo im Haus wurde leise eine Tür ins Schloß gedrückt. Pepper stand eine volle Minute reglos an der Treppe zum Keller. Dann, als er kein verdächtiges Geräusch mehr vernahm, machte er sich auf den Weg.

Die verschimmelte Kellertür am Ende des Ganges machte ihm weniger Schwierigkeiten, als er befürchtet hatte. Ein massiver, gebogener Draht half ihm, das Schloß zu knacken. Hinter der Tür war alles so, wie es Pit beschrieben hatte. Der weiße Block in der Mitte des Gewölbekellers wirkte tatsächlich sehr seltsam. Ein leises, stampfendes Geräusch, das immer wieder abbrach, drang heraus. Pepper stieg die ausgetretenen Steinstufen hinunter und ging auf die Tür des quaderförmigen Blockes zu. Er öffnete sie und trat

ein. Kastinger stand bei der kleinen Druckpresse an der gegenüberliegenden Wand.
»Nanu«, sagte er über die Schulter, »ich dachte, Sie wollten erst gegen acht Uhr kommen.«
Pepper räusperte sich.
Kastinger drehte sich noch immer nicht um. »Ich habe in meinem ganzen Leben noch keine besseren Blüten gesehen«, sagte er, »und das hier sind erst die Andrucke.« Er hob einen Schein über den Kopf und wandte sich endlich Pepper zu.
»Da kann man ja eigentlich nur gratulieren«, sagte Pepper trokken.
Kastinger ließ den Schein fallen. Das Papier segelte langsam zu Boden.
»Wer... wer... wer sind Sie?« stotterte der Drucker.
»Mein Name ist Pepper. Paul Pepper. Freunde sagen einfach ›PP‹ zu mir.«
»Sie sind das!« Kastinger starrte Pepper ungläubig an.
»Ach, Sie haben schon von mir gehört.«
»Was wollen Sie?«
»Ich muß mit Ihnen reden.«
»Reden?«
»Ja!«
»Aber... aber... h..haben Sie denn nicht die P..Polizei mitgebracht?«
»Noch nicht!«
»War also alles umsonst!«
»Ich fürchte, ja«, entgegnete Pepper, »ich glaube jedenfalls kaum, daß einer Ihrer prachtvollen Drucke in den Umlauf kommt.«
»Schade!« sagte Kastinger mit Nachdruck.
»Ja, für Sie schon. Sie sind ein Künstler in Ihrem Fach, ich weiß!«
»Ach ja?«
»Mhm. Ich habe viel von Ihnen gehört. Der genialste Paßfälscher des Kontinents!«

»Europas, wenn ich Sie v..verbessern darf.«
»Natürlich, natürlich.« Pepper war ein paar Schritte in den Raum hineingegangen. »Es ist Ihre Sache, Herr Kastinger, ob Sie auf Hauptkommissar Rübenach warten wollen. Viel Unheil haben Sie ja noch nicht angerichtet. Aber darum geht es mir im Augenblick gar nicht.«
»N..Nein?« Kastinger blieb vor Erstaunen der Mund offenstehen.
»Nein, ich brauche dringend eine Auskunft von Ihnen. Eine ganz einfache Antwort auf eine ganz einfache Frage.«
»Ich f..fürchte, Sie haben keine einfachen Fragen«, sagte Kastinger mit einem leisen Lächeln, das Pepper einigermaßen verwunderte.
»Doch, in diesem Fall ist die Frage einfach: Wann hat Sie der maskierte Mann das erste Mal angesprochen?«
»Wann? Ja, wie meinen Sie denn das?«
»Ganz wörtlich. Ich hätte gerne das Datum!«
»Sie wissen also...« Es war klar, daß Kastinger Zeit gewinnen wollte, um seine Gedanken ein wenig zu ordnen.
»Ja«, sagte Pepper geduldig. »Ich weiß, daß Sie damals mit Ihrem Rauhhaardackel...«
»Schnauzi, ja stimmt, aber woher wissen Sie das?«
Pepper ging auf die Frage nicht ein. »Sie waren also mit Schnauzi spazieren, da trat Ihnen der maskierte Mann in den Weg. Behauptete er nicht sogar, daß er Sie kenne?«
»Doch, doch, wörtlich sagte er: ›Ich habe auch die Ehre, mit Ihnen bekannt zu sein. Flüchtig allerdings nur!‹, ja, das hat er gesagt. Ich glaube ihm das aber heute noch nicht. Er hatte eine sehr eindrucksvolle Stimme, der Mann mit der Maske. Die hätte ich wiedererkannt, wenn ich sie schon früher einmal gehört hätte.«
»Interessant!« sagte Pepper.
»Finden Sie?«
»Also, wann war diese Begegnung?«
»Warum müssen Sie das denn wissen?«

»Die Information würde mir bei meiner Arbeit weiterhelfen.«
»Nun, es war ein Sommerabend, soviel ist sicher. Im Juni, denke ich. Ja, bestimmt. Vor meinem Geburtstag. Ja, jetzt weiß ich's wieder...« Er unterbrach sich und beugte seinen schmalen Kopf weit vor. »Lassen Sie uns erst über die Bedingungen sprechen, Herr Pepper!«
»Ich verstehe.« Pepper lehnte sich an den Türrahmen. »Zur Sicherheit darf ich Ihnen vielleicht sagen, daß ich bewaffnet bin.«
»Oh, ich bin kein gewalttätiger Mensch.«
»Das glaube ich«, sagte Pepper. »Und nun zu den Bedingungen. Ich hab' Sie eindeutig der Falschgeldherstellung überführt. Ich könnte Sie der Polizei ausliefern. In einer halben Stunde würden Sie im Untersuchungsgefängnis sitzen. Aber ich ermittle nicht in einem Falschgeldfall. Und wenn, dann nur gegen Herrn Eberswald, Ihren Auftraggeber. Also: Sie sagen mir, wann genau dieses erste Treffen zwischen Ihnen und dem Mann mit der Maske war, und ich warte mit dem Polizeieinsatz hier, bis wir Herrn Eberswald in dieser Werkstatt antreffen. Das läßt Ihnen Zeit genug. Sie haben ja sicher kein Problem damit, sich einen neuen Paß zu besorgen.«
Kastinger lächelte mit schiefgelegtem Kopf. Dann wurde sein Gesicht plötzlich ernst.
»Es war am 14. Juni 1979 um 21.45 Uhr!«
»Elf Tage vor dem Einbruch bei dem Juwelier Zorn also.«
»Genau.« Das Lächeln kehrte auf Kastingers Gesicht zurück.
»Und Sie haben den Kontakt zu Zenker hergestellt. Noch am gleichen Tag?«
»Wir haben ausgemacht, daß ich Ihnen auf eine einfache Frage eine einfache Antwort gebe. Mein Teil unseres Kontraktes ist erfüllt, Herr Pepper!«
»Sie haben recht«, sagte Pepper.

Pit sah den amerikanischen Wagen vom Fenster der Wohnung im

ersten Stock aus. Er gab Jonny und Arnica ein Zeichen. Sie rannten, so schnell sie konnten, aus der Wohnung und die Treppe hinunter. Pit riß die Haustür auf und stand Eberswald gegenüber.
»Na, na, nicht so stürmisch, junger Mann!« rief der Hausverwalter lachend.
»Ah, Herr Eberswald. Ich hab' Ihr Auto gesehen, und da bin ich schnell heruntergerannt. Hätten Sie nicht Lust, unsere Version von ›Yellow Submarine‹ anzuhören? Wir haben ein ganz tolles Arrangement. Und jetzt wollen wir's unbedingt mal jemand vorspielen.«
»Klar, warum nicht. Ist es denn wenigstens auch schön laut?« fragte Eberswald lachend.
»Sie fragen wegen der Leute im Haus, nicht wahr!«
»Ganz recht, aber es stört mich nicht, wenn's denen zu laut ist, im Gegenteil!« Er lachte wieder.
»Kommen Sie?« fragte Pit drängend.
Eberswald schaute auf die Uhr, zuckte mit den Achseln und folgte Pit die Treppe hinauf, während Jonny unter der Treppe hervorkam und Richtung Keller flitzte.
Sie hatten gerade den Treppenabsatz im Zwischenstock erreicht, als im vierten Stock die Wohnungstür aufging. Zenker beugte sich über das Geländer.
»Hallo, Horst«, rief er, »kommst du zu mir?«
»Nein, ich hör' mir eine Neufassung von ›Yellow Submarine‹ an. Die Beatles sterben eben niemals aus.«
»Augenblick mal!« Zenker kam die Treppe herunter.
»Wer ist denn das?« fragte Pit.
»Ein neuer Mieter«, sagte Eberswald obenhin.
»Ich hör' mir das auch mal an«, sagte Zenker mit einem seltsamen Grinsen.
»Na prima«, Pit rieb sich die Hände, »je mehr, desto lieber.«
Sie gingen in die Wohnung hinein.

Zur gleichen Zeit erreichte Jonny die bogenförmige Kellertür. Er stieß sie auf und schaute verwundert auf den ›Zuckerwürfel‹. Dann hastete er die ausgetretenen Steinstufen hinunter.

Zenker sagte oben im ersten Stock: »Ist doch interessant, was Peppers Band…, weißt du eigentlich, daß es auch mal ›Sergeant‹ Peppers lonely…«
»Was redest denn du von Pepper?« sagte Eberswald ärgerlich.
»Ja, wußtest du denn nicht, daß das Peppers Leute sind?«
»Was? Das ist doch Blödsinn. Die haben sich auf meine Anzeige…« Eberswald unterbrach sich und starrte Pit an.
Zenker grinste. »Der Groschen ist gefallen, was? Du inserierst, gibst deine Telefonnummer an, der schlaue Pepper schickt seine eigene Band, und das schwere Lärmgeschütz erweist sich glatt als Rohrkrepierer.«
Zenker brach in schallendes Gelächter aus.
»Hör auf!« schrie Eberswald. Dann packte er Pit am Kragen. »Stimmt das?«
Zenker enthob Pit einer Antwort. »Das ist noch nicht alles. Im Keller haben sie sich auch eingenistet!«
Jetzt verlor Eberswald alle Farbe im Gesicht. »Sag das noch mal!« zischte er Zenker an. »Sag das noch mal!«
»Frag doch mal, wo der Schlagzeuger ist.«
»Hä?« Eberswald wirkte nicht sehr intelligent bei dieser Gegenfrage. »Und die Flötistin?«
»Ich bin hier!« Arnica kam durch die Wohnungstür.
»Was ist im Keller los?« schrie Eberswald, der die Kontrolle über sich langsam verlor.
»Vor etwa 20 Minuten betrat Pepper das Haus«, sagte Zenker ruhig. »Er kam nicht zu mir herauf, wie ich erwartet hatte, sondern er stieg hinab – Richtung Keller. Dann bist du gekommen. Und schon flitzten der Trommler, die Flötistin und der Manager da aus der Wohnung dir entgegen. Du, der ›König der Altstadt‹, ein mit

allen Wassern gewaschener Kerl, folgst denen brav, während der Trommler in den Keller flitzt, um Pepper zu warnen. Das einzige, was ich noch nicht weiß, ist, was im Keller so interessant sein könnte. Aber da komme ich vielleicht auch noch drauf.«
Eberswald zitterte am ganzen Körper. Seine Gesichtsfarbe wechselte von Hellgelb bis Blaurot und wieder zurück zu einer unangenehm blassen Färbung. Dann schlug er ansatzlos einen schweren Haken gegen Zenkers Kinn. Der zweite Schlag sollte Pit treffen, aber der hatte das Boxen ja gelernt und wich dem Schwinger mühelos aus. Mit ein paar Steppschritten brachte sich der Junge aus der unmittelbaren Gefahrenzone und riß zur Deckung beide Fäuste hoch. Aber im nächsten Augenblick war Eberswald durch die Tür ins Treppenhaus verschwunden.
Zenker lag am Boden und seufzte leise.
»Ich glaube, wir müssen den Probenraum jetzt leider aufgeben«, sagte Miles und legte seine teure Trompete sehr behutsam in ihr Futteral.
»Abwarten«, meinte Pit und folgte Eberswald.

Im Keller hatte inzwischen Jonny Paul Pepper gefunden und berichtet, daß Eberswald im Haus sei. Er wolle sich noch ein Musikstück anhören, aber dann...
Ohne Hast verließ Pepper den weißen Block und trat hinaus in das Kellergewölbe. Jonny war schon wieder die Treppe hinaufgegangen und wollte gerade die Tür öffnen, als sie mit Wucht von außen aufgestoßen wurde. Eberswald stand mit einer schweren Handfeuerwaffe auf der Schwelle. Als er Pepper sah, hob er die Waffe. Im gleichen Augenblick drückte Jonny auf den Lichtschalter neben der Tür. Ein Schuß peitschte. Pfeifend und mit einem hohen, singenden Ton fuhr das Geschoß als Querschläger durch den Keller.
»Danke, Jonny«, sagte Pepper in der Dunkelheit.
Sofort feuerte Eberswald wieder. Das Geschoß fuhr in die Wand

des weißen Blocks. Jonny überlegte fieberhaft, ob er nicht irgend etwas unternehmen könnte. Zudem stand er sehr nahe bei Eberswald und wagte kaum zu atmen.
»Was suchen Sie hier, Pepper?« schrie Eberswald, dabei fuchtelte er mit seinen Armen in der Dunkelheit herum.
Er wollte versuchen, den Jungen zu packen, der da irgendwo in der Nähe des Lichtschalters sein mußte.
»Machen Sie kein Licht, Eberswald«, rief Pepper. »Ich habe meine Waffe auch in der Hand und entsichert. Nur, ich bin in Dekkung, und Sie stehen wie eine Zielscheibe da oben.«
Der Arm verharrte in seiner Bewegung. Jonny hatte sich dicht an den Boden gekauert. Der obere Treppenabsatz hatte kein Geländer. Links und rechts ging es vielleicht drei Meter hinunter. Jonny, der längst nicht so sportlich war wie sein Freund Pit, traute sich nicht zu springen. In der Dunkelheit meinte er plötzlich, unter ihm tue sich ein gähnender Abgrund auf. Aber dann faßte er doch nach der Steinkante, krallte sich fest, ließ seinen Körper vorsichtig an der Seite des Steinabsatzes hinunter. Er bekam zwar keine Bodenberührung, aber da er keine starken Finger und auch schwache Armmuskeln hatte, blieb ihm gar nichts anderes übrig, als sich fallen zu lassen. Er fiel nur etwa einen Meter und kam ziemlich weich auf. Wenigstens war er jetzt außer Reichweite von Eberswald. Der hätte ihn sonst womöglich als eine Art Geisel genommen.
Eberswald war ratlos. Was wußte Pepper? War er schon im Block gewesen? Hatte er mit Kastinger gesprochen? War er alleine gekommen, oder war womöglich dieser Rübenach irgendwo im Haus? Eberswald schwitzte so heftig, daß ihm die Schweißtropfen in die Augen liefen. Der ›König der Altstadt‹ war ratlos.
»Pepper«, schrie er.
»Sie brauchen nicht zu brüllen, ich verstehe Sie auch so.«
»Was wollen Sie?« fragte Eberswald leiser.
»Alles, was ich wollte, habe ich schon. Ich fürchte allerdings, daß aus Ihren Blütenträumen nichts wird. Und auch Zenkers Beute

wird Ihnen wohl durch die Lappen gehen. Das beste, was Sie tun können, Eberswald, ist folgendes: Drehen Sie sich um, rennen Sie, so schnell Sie können, vielleicht schaffen Sie es ja.«
»Von Ihnen lasse ich mich nicht einschüchtern!«
»Wie Sie meinen.«

Um diese Zeit hatte Pit bereits seit einer Minute Verbindung mit Rübenach. Der Hausmeister Melchior stand neben Pit und traute seinen Ohren nicht. Eine Fälscherwerkstatt im Keller. In seinem Keller, den er zwei Jahrzehnte lang betreut und in Schuß gehalten hatte, bis dieser Eberswald gekommen war und den Keller gesperrt hatte.
»Wir sind schon unterwegs«, sagte Rübenach knapp. »Ich versuche auch Schutzpolizeistreifen aufzutreiben, die in eurer Nähe sind. Und macht bloß keinen Mist, bis ich komme!«
Er warf den Hörer auf die Gabel.
Pit lächelte zufrieden. »Das hätten wir erst mal, Herr Melchior. Jetzt müssen wir nur noch diesen Eberswald daran hindern, den Keller zu verlassen.«
Mit diesen Worten stürmte Pit aus der Hausmeisterwohnung in das Treppenhaus hinaus.
Die Barriere im Kellergang war zusammengebrochen. Die Tür zum Gewölbekeller stand einen Spalt offen. Pit pirschte sich vorsichtig heran. Melchior hielt sich in einem gebührenden Abstand hinter ihm. Pit erreichte den Türspalt und hörte, wie Eberswald drinnen schrie: »Sie haben sich übernommen, Pepper! Ich mache jetzt Licht, und dann packe ich mir das Bürschchen, das mit Ihnen gekommen ist, und dann versuchen Sie mal, auf mich zu schießen.«
Eberswald mußte direkt hinter der Tür stehen, die nach innen aufging. Pit überlegte nicht lange. Er ging drei Schritte zurück, nahm Anlauf und rannte mit aller Wucht gegen die Tür. Sie sprang auf und krachte Eberswald voll ins Kreuz. Der schrie entsetzt auf. Ein

Schuß löste sich. Eberswald stürzte und rollte die Stufen hinunter. Im nächsten Moment war Pit durch die Tür und hatte den Lichtschalter betätigt. Nach kurzem Zucken flammten die Neonröhren auf. Der Keller war plötzlich wieder in gleißend helles Licht getaucht.
Eberswald lag stöhnend auf einer der unteren Stufen. »Verdammt, mein Bein!« jammerte er.
Pepper kam hinter dem weißen Block hervor und sagte: »Jetzt können Sie uns schon nicht mehr davonrennen!«
Im gleichen Augenblick kam Kastinger aus seinem Gehäuse. »Ist alles vorbei?« fragte er.
»Ja«, sagte Pepper, »für Sie leider auch. Da Ihr Chef vor der Zeit gekommen ist, haben Sie keine Möglichkeit mehr zu gehen.«
»Halb so schlimm«, meinte Kastinger mit schiefgelegtem Kopf und seinem leisen Lächeln.
Dann ging er um den quaderförmigen Block herum. Man hörte ein seltsames Geräusch, ein Klicken, wie wenn man eine Truhe zudrückt, die ein Metallschloß hat. Pepper lief um den Block herum. Kastinger war wie vom Erdboden verschluckt.
»Der hatte einen eigenen Geheimausgang«, sagte der Detektiv.
»Das kann doch nicht wahr sein«, stöhnte Eberswald.
»Ich fürchte«, sagte Pepper sehr nachdenklich, »dieser Kastinger ist viel gerissener als wir ahnen.«
In diesem Moment hörte man Schritte und Rübenachs rauhe Stimme. Er erschien in der bogenförmigen Tür oben an der Steintreppe und stand da wie ein Feldherr. Die Schlacht freilich war schon geschlagen.
Pepper sagte: »Wenn ich Ihnen dann mal die Fälscherwerkstatt zeigen darf, Herr Hauptkommissar!«
Rübenach stieg die ausgetretenen Stufen hinunter, machte einen Schritt über Eberswald hinweg und sagte: »Wen haben wir denn da, ist das nicht der ›König der Altstadt‹?«
»Das ist der Mann, der die Fälscherwerkstatt betreibt«, erwiderte

Pepper. »Morgen können wir's in der Zeitung lesen: Kommissar Rübenach gelang es, eine Falschgeldwerkstatt auszuheben, einen Tag bevor die Serienproduktion beginnen sollte.«
»Ich werde mich nicht mit Ihren Federn schmücken, Pepper.«
»Sie würden mir aber einen großen Gefallen tun«, entgegnete Pepper ernsthaft. »Was ich derzeit am allerwenigsten gebrauchen kann, sind Schlagzeilen mit meinem Namen in der Zeitung.«
»Gut«, sagte Rübenach leise, »dann nehme ich dankend an.« Und dabei strahlte er über sein ganzes rundes Gesicht.

Zenkers Beute

»Ein Teilerfolg, weiter nichts«, sagte Pepper am Abend in seinem Eisenbahn-Salonwagen. Frau Scheringer und Herr Bergemaier, der sich wieder eifrig Notizen machte, saßen ihm gegenüber. Vor jedem stand eine Teetasse.
»Sie sind undankbar«, sagte die Alte. »Sie haben einen Geldfälscher zur Strecke gebracht, dem man sicher noch mehr nachweisen kann, und Sie haben damit gleichzeitig den Mietern in der Kreuzstraße diesen Teufel vom Hals geschafft. Somit ist auch dieser Auftrag erledigt.«
»Zugegeben, das ist alles prima gelaufen, wobei das halbe Verdienst allerdings Jonny und Pit gebührt.«
»Mir wäre es lieber, mein Johannes hätte nicht dieses Verdienst«, meinte Herr Bergemaier säuerlich. »Ungefährlich war das ja nicht.«

»Sie haben recht«, sagte Pepper ernst, »man muß den Jungen ins Gewissen reden. Auch Pits Attacke hätte schiefgehen können. Wenn etwas passiert, trage ich die Verantwortung.«
»Ach was«, rief die Alte, »die beiden Buben haben sich prächtig verhalten und damit basta! Doch was wird jetzt aus den Juwelen?«
»Wenn ich sie finde, kriegen Sie ein Diadem oder einen Anhänger«, sagte Pepper lachend.
»Einen Schmuck aus Diebesgut, niemals!« protestierte die Alte pathetisch.
»Nein, ein Schmuckstück auf Kosten meiner Prämie natürlich.«
»Sie sagten, der Mann mit der Maske habe sich vor dem Einbruch schon mit Zenker getroffen?« fragte Herr Bergemaier. »Was schließen Sie daraus?«
»Nun, ich denke, der Mann mit der Maske wußte, daß ein Einbruch bevorstand, oder er hat diesen Einbruch selbst angeregt.«
»Ach«, rief Frau Scheringer, »daher weht der Wind?«
»Woher?« fragte Bergemaier, der noch nichts verstanden hatte.
»Die Alte hört wieder einmal das Gras wachsen«, sagte Pepper.
»Ja, ja«, konterte sie, »das Gras, das Sie aussäen und kräftig gießen!«
Pepper goß Tee nach. »Versicherungsbetrug ist ja nun heutzutage nichts Außergewöhnliches mehr, nicht wahr? Nehmen Sie an, ein Juwelier ist in Zahlungsschwierigkeiten. Gold ist teuer. Und damals hatte es im Preis gerade wieder kräftig angezogen. In der Stadt sind mehrere Einbrüche bei Juwelieren gewesen. Alle diese Juweliere haben etwa die Größenordnung wie unser Freund Zorn, der mich gemeinsam mit seinen Kollegen und der Versicherung engagiert hat. Zorn nimmt Kontakt mit Zenker auf. Das gelingt ihm über Kastinger, den er kennt. Woher, das wissen wir noch nicht. In der Branche weiß jeder, daß es einen Hehler gibt, der als Schmuckspezialist einsame Klasse ist. Ein Mann namens Zink. Auch den treibt Zorn auf. Wahrscheinlich aber kennt er ihn schon seit Jahren. Ein solcher Hehler muß mit eingeführten Juwelieren

zusammenarbeiten, sonst kommt er auf keinen grünen Zweig.«

»Warum muß er das?« fragte die Alte.

»Nun, der erbeutete Schmuck läßt sich nicht absetzen. Teure Schmuckstücke haben immer eine Expertise, also eine genaue Beschreibung. Da sind erstklassige Fotos dabei, genaue Angaben über den Wert und das Gewicht des verwendeten Edelmetalls und über die Steine. Mit anderen Worten, zu jedem teuren Schmuckstück gehört ein Steckbrief. Jeder Dieb, der ein gestohlenes Schmuckstück verkaufen will, muß damit rechnen, daß er dabei ertappt wird. Deshalb werden die gestohlenen Stücke auseinandergenommen und von Goldschmieden umgearbeitet. In der Regel kaufen Spezialisten die Sore, also die Ware der Räuber und Diebe, als Ganzes weit unter Wert auf und verwandeln die Schmuckstücke in andere, die mit dem Steckbrief nichts mehr gemeinsam haben.«

»Raffiniert«, sagte Frau Scheringer. »Und der Zorn ist auch so einer?«

»Weiß ich nicht. Ich spreche ja nur über Vermutungen. Immerhin hatte ich es damals sehr leicht, den Zenker zu fassen. Fast zu leicht. Manchmal habe ich gedacht, irgendeine ordnende Hand habe das alles so in die Wege geleitet.«

»Das gibt doch keinen Sinn«, sagte Herr Bergemaier. »Wenn sich der Zorn bestehlen lassen wollte, um die Versicherung zur Kasse zu bitten, warum läßt er es dann zu oder inszeniert es sogar, daß Sie den Dieb auf frischer Tat ertappen?«

»Ich gebe ja zu, daß meine Theorie da noch ein Loch hat. Es könnte ja immerhin sein, daß Zorn mit Zenker über die Beute aus den beiden anderen Einbrüchen verhandelt hat, daß er mit ihm dann ausmachte, einen Einbruch für die Versicherung vorzutäuschen und ihn dann in die Falle laufen ließ.«

»Aber warum?«

»Weil er die Ware aus den beiden ersten Einbrüchen hatte, aber nicht bezahlen konnte oder wollte.«

»Sehr gewagt. Äußerst gewagt«, sagte Herr Bergemaier. »Aber interessant.« Er massierte mit Daumen und Zeigefinger seine Nasenwurzel – ein untrügliches Zeichen dafür, daß gleich wieder ein schwerer Einwand kommen würde. Und da war er dann auch schon: »Warum, bitteschön, hat Zenker nicht gleich nach seiner Freilassung Zorn am Schlafittchen gepackt?«
»Das ist allerdings eine Frage, über die ich noch nicht nachgedacht habe«, sagte Pepper fast ein wenig zerknirscht. »Ich denke, ich sollte Zenker danach fragen.«
»Sind Sie verrückt?« rief die Alte.
»Ich hoffe nicht«, erwiderte Pepper, »aber so sicher kann man da nie sein!« Er stand auf und griff nach seiner Parka.
»Was denn, jetzt gleich?« fragte Frau Scheringer.
»Was du heute kannst besorgen...«
»Da komm' ich aber mit.«
»Unsinn!«
»Nein, soll ich Ihnen aufzählen, wie oft Ihnen das schon eine große Hilfe war, wenn ich mitgekommen bin?«
»Soll ich Ihnen aufzählen, wie oft es schon keine war?«
»Jetzt streitet euch doch nicht«, mischte sich Herr Bergemaier ein. »Sie wissen doch sowieso, Herr Pepper, daß Sie gegen die Alte nicht ankommen. Warum geben Sie dann nicht nach?«
»Da haben Sie auch wieder recht«, sagte Pepper resignierend.
Bergemaier half Frau Scheringer in den Mantel, während Pepper ein Taxi rief.
»Ich hätte Sie doch fahren können«, sagte der Reporter.
»Nein, Sie will ich nun auf gar keinen Fall dabeihaben!« meinte Pepper.
Herr Bergemaier war deshalb nicht beleidigt. Er wußte, daß Pepper ihm bestimmt alle Informationen geben würde, sobald der Fall aufgeklärt sein würde.
Das Haus in der Kreuzstraße war schon abgeschlossen. Pepper klingelte bei dem Schauspieler Krenemowitch, von dem er an-

nahm, daß der am ehesten zu so später Stunde noch auf war. Doch Krenemowitch kam gähnend und den Schlafrock nur nachlässig über einen rosafarbenen Pyjama gezogen an die Tür.
»Ach, Sie sind's«, sagte er, und sein Gesicht hellte sich beim Anblick Peppers auf. »Sie können sich gar nicht vorstellen, was für eine Freudenstimmung im Haus herrscht. Am Samstag soll ein großes Fest steigen. Meinen Sie, daß Ihre jungen Freunde dazu die Musik machen werden?«
Und so redete und redete der alte Schauspieler ohne Punkt und Komma. Sie waren schon im vierten Stock, als er fragte: »Warum sind Sie überhaupt gekommen?«
Pepper legte den Zeigefinger auf die Lippen und trat an Zenkers Wohnungstür. Er klopfte mit der Faust dagegen.
Drinnen war sofort Bewegung zu hören.
»Wer ist da?« tönte Zenkers Stimme hinter der Tür.
»Paul Pepper.«
»Um diese Zeit?«
»Machen Sie auf, dann erklär' ich's Ihnen«, rief Pepper.
Ein Schlüssel drehte sich im Schloß, die Tür ging auf. Pepper half nach und stand Sekunden später in der Wohnung.
»Vielen Dank, Herr Krenemowitch, wir werden am Samstag dabeisein«, sagte er rasch, zog die Alte vollends herein und drückte die Tür zu.
Zenker trug Jeans und einen schwarzen Rollkragenpullover. Am Boden stand ein Plattenspieler, auf dem sich eine Platte leer drehte.
»Also, was ist?« Zenker ließ Pepper keinen Moment aus den Augen.
»Kastinger hat am 14. oder 15. Juni 1979 zum ersten Mal mit Ihnen über den Mann mit der Maske gesprochen.«
»Kann sein«, sagte Zenker obenhin.
»Überlegen Sie sich genau, was Sie sagen!«
»Warum denn?«

Stadtbücherei
Niddastraße 1
6368 BAD VILBEL

»Weil Ihr Einbruch damals am 25. Juni stattgefunden hat. – Elf Tage nach dem ersten Treffen zwischen Kastinger und dem Mann mit der Maske sind Sie bei Zorn eingestiegen und von mir geschnappt worden.«

»Ja, das Datum vergesse ich allerdings nie!«

»Na, um so besser. Hat Zorn irgendwann einmal mit Ihnen gesprochen?«

»Nein, natürlich nicht.«

»Aber Sie haben ihm doch den Schmuck aus den beiden ersten Einbrüchen zur Begutachtung gezeigt?«

»Zorn«, Zenker mußte lachen, »wie kommen Sie denn auf diese Schnapsidee?«

»Wer hat dann die Beute begutachtet?«

»Zink!«

»Wie gut kennen Sie Zink?«

»Eigentlich gar nicht. Der Mann versteht es, sich so im Hintergrund zu halten, daß man ihn nie richtig zu Gesicht bekommt.«

»Aha«, sagte die Alte.

Pepper zitierte aus dem Gedächtnis aus der Personenbeschreibung, die er bei Knapp im Polizeipräsidium gelesen hatte: »Bernd Zink, alias Bernhard Feucht, alias Horst Keitel, geboren am 18.6.1929 in Königsberg. Größe 1,80 m, Gewicht ca. 75 kg, schmales Gesicht, braune Augen, ergrautes, schütteres Haar. Wenn Zink unter Anspannung steht, bekommt er oft eine Sprechhemmung...« Er unterbrach sich und schlug sich mit der flachen Hand gegen die Stirn. »Ich Idiot!«

»Was ist denn?« fragte die Alte.

»Was soll sein? Er kann dann Mitlaute wie K, F, S oder T am Anfang eines Wortes nicht sofort aussprechen, verstehen Sie, er bleibt hängen. Normalerweise nicht, aber wenn er unter Streß steht.«

»Ja, ja, das verstehe ich schon!«

»Ich bin dem Mann begegnet!«

»Was?« Zenker sprang auf. »Sie sind Zink begegnet?«
»Wann?« fragte die Alte.
»Heute!«
»Und wo?« stieß Zenker lauernd nach.
»Ich werde alt, Leute, ich sollte meinen Beruf aufgeben!« jammerte Pepper.
»Lassen Sie doch den Quatsch, Mann. Es ist ja bestimmt noch nicht zu spät!« fuhr ihn die Alte an.
»Braune Augen? – Ich kann nicht sagen, ob das zutrifft. Aber die gerade, ausgeprägte Nase, die Körpergröße, das Gewicht – könnte alles stimmen.«
»Nun reden Sie schon, wer ist es?« fragte Zenker nervös.
»Ich muß sofort los!« rief Pepper aufgeregt.
»Aber nicht ohne mich«, sagte die Alte.
»Und ohne mich schon gleich gar nicht«, meldete sich auch Zenker.
Pepper schüttelte den Kopf. »Es ist alles so einfach!«
An der Tür blieb er stehen. »Sie können mitkommen, Zenker«, sagte Pepper, »aber ich fürchte, Sie werden nicht viel davon haben. Ich übergebe den Kerl mitsamt seiner Beute sofort Kommissar Rübenach. Vielleicht macht Ihnen das ja Vergnügen, aber eigentlich glaube ich das kaum.«
»Sind Sie wahnsinnig?« schrie Zenker. »Fünf Jahre warte ich auf diesen Augenblick! Es ist mein Schmuck, mein Gold. Dieser maskierte Mann hat mir alles weggenommen.«
»Er hat Ihnen 500000 gelassen. Ich denke, Sie sollten damit zufrieden sein. Das ist mehr Geld, als ich in zehn Jahren verdienen kann. Und mancher andere muß noch viel länger dafür arbeiten.«
»Aber ich hab' fünf Jahre dafür im Knast gesessen.«
»Begreifen Sie doch endlich. Das ist Ihr Berufsrisiko, Mann!« sagte Pepper. Dann reichte er der Alten den Arm und führte sie behutsam die Treppe hinunter.
Zenker blieb unschlüssig oben stehen. Pepper rief über die Schul-

ter: »Sie können ja versuchen, uns unauffällig zu folgen. Aber ich verspreche Ihnen: Es bringt Ihnen nichts.«
Im Taxi fragte die Alte leise: »Wer ist denn dieser Zink?«
»Kastinger. Zwei Dinge hätten mich sofort darauf bringen müssen. Er hat zu mir gesagt, die erste Begegnung mit dem Maskierten sei kurz vor seinem Geburtstag gewesen. Laut Polizeiakte ist er am 18.6. geboren. Am 14.6. will er zum ersten Mal den Maskierten getroffen haben. Und dann das Offensichtlichste: die Sprechhemmung. Als ich ihn in dem ›Zuckerwürfel‹ aufgestöbert hatte, wurde er nervös und bekam es mit der Angst. Und da hat er die Mitlaute am Anfang der Wörter nicht immer auf Anhieb herausgebracht. Er blieb ein paarmal richtig hängen. Zum Beispiel erinnere ich mich noch, wie er sagte: ›H..Haben Sie denn nicht die P..Polizei mitgebracht?‹ Zu meiner Entschuldigung muß ich sagen, daß er keineswegs richtig stottert. Es ist nur eine klitzekleine Hemmung, ein Stolpersteinchen beim Sprechen, mehr nicht.«
»Sagen Sie, Meister«, meldete sich der Taxifahrer, »könnte es sein, daß uns einer verfolgt?«
»Ja, das ist sogar sehr wahrscheinlich«, sagte Pepper gutgelaunt.
»Hat er denn ein Auto?« fragte die Alte.
»Nee«, rief der Fahrer über die Schulter, »das ist ein Kollege von mir. Ihr Verfolger läßt die Taxis auch was verdienen.«
»Na, dann wollen wir doch Ihren Verdienst ein wenig in die Höhe treiben«, sagte Pepper. »Die Strecke bis zur Hortensiengasse wäre sowieso viel zu kurz für Sie, nicht wahr? Fahren Sie mal ganz gemächlich kreuz und quer, wo immer Sie wollen. Und so nach einer Viertelstunde hängen Sie den Kollegen ab. Das werden Sie ja wohl schaffen.«
»Wird gemacht, Meister«, sagte der Fahrer und lehnte sich gemütlich in das Polster seines Sitzes zurück.
»Haben Sie es denn nicht eilig?« fragte Frau Scheringer.
»Auf die Viertelstunde kommt es jetzt auch nicht mehr an.«
Pepper fragte den Chauffeur, ob er rauchen dürfe, und als der zu-

stimmte, zündete sich der Detektiv genüßlich seine Pfeife an. Nach einer Viertelstunde meldete sich der Fahrer fröhlich: »So, Ende der Stadtrundfahrt. Jetzt wird's ernst. Halten Sie sich fest, meine Herrschaften!«

Der Wagen machte einen Satz nach vorne, wurde dann von seinem Fahrer ruckartig nach rechts gerissen, schoß in eine Toreinfahrt, kurvte über einen leeren Parkplatz, raste in eine kaum sichtbare Seitengasse hinter einem flachen, langgezogenen Lagerhaus, bog erneut in eine Durchfahrt ein und stand plötzlich vor einem massiven Holztor.

»Keine Panik auf der Titanic«, sagte der Fahrer, sprang rasch aus dem Auto, zog im Laufen einen Schlüssel aus der Tasche, öffnete das Tor, sprang wieder hinters Steuer und startete. Kaum hatte er das Tor passiert, da war er auch schon wieder draußen. Als er die beiden Flügel zuschob und das Tor wieder abschloß, sah man die Scheinwerfer des folgenden Taxis suchend durch den Hof geistern. Gemütlich setzte sich der Fahrer hinter sein Steuer, lachte in sich hinein und sagte dann: »Sonst noch Wünsche, die Herrschaften?«

»Ja«, antwortete Pepper, »ich brauch' eine Verbindung zu Ihrer Zentrale.«

»Und warum, wenn ich fragen darf?«

»Weil ich die Hilfe der Polizei benötige«.

»Okay – Wagen 771 ruft Zentrale, Zentrale, bitte kommen«, sprach der Fahrer ins Mikrofon.

»Hier Zentrale!« meldete sich eine Stimme.

»Ich hab' mir's anders überlegt«, sagte Pepper schnell. »Ihr Kollege kann ja vielleicht mithören.«

»Hat sich erledigt«, antwortete der Fahrer ins Mikrofon und schaltete ab. »Das ist Ihnen aber spät eingefallen«, brummte er.

»Stimmt«, gab Pepper zu. »Ich hab' heute schon mal gesagt, ich werde langsam alt. Noch mehr Fehler darf ich mir nicht leisten.«

Das Taxi hielt an der Ecke Tauberstraße/Hortensiengasse. Pepper bezahlte siebzig Mark und bedankte sich bei dem Fahrer.

»Nichts zu danken, ich hab' zu danken«, rief er gutgelaunt. »Jetzt hab' ich mein Soll für heute und kann Feierabend machen.«
Pepper und die Alte schlenderten in die Gasse hinein wie ein altes Ehepaar, das am Abend noch ein wenig Luft schöpfen will.
»Wie wollen Sie's denn machen?« fragte Frau Scheringer.
»Tja, das beste wäre wohl, Rübenach zu benachrichtigen und dem die ganze Aktion zu überlassen. Aber Sie kennen ja die Versicherungen. Die sagen dann, es war eine Polizeiaktion und behalten die Prämie.«
»Aber Sie können doch unmöglich allein...«
»Will ich auch nicht. Sie gehen die Gasse vollends hinunter und rufen von der Zelle dort den Kommissar vom Dienst an. Sagen Sie ihm, der Pepper habe die Beute Zenkers ausfindig gemacht. Die Polizei soll in die Hortensiengasse 17 kommen. Ich sei schon mal vorausgegangen.«
»Soll ich das wirklich so sagen?«
»Klar. Ich will ja tatsächlich schon mal vorneweg schauen, was ich erreichen kann.«
»Also, ich weiß nicht...«
»Aber ich. Bis nachher!«
Pepper ließ die alte Frau Scheringer einfach stehen und verschwand in einem engen Durchlaß zwischen zwei Brandmauern. Frau Scheringer verharrte einen Moment und stapfte dann, so schnell es ihre kranken Beine zuließen, schwer auf ihren Stockschirm gestützt, die Gasse hinunter.
Pepper stand vor der Tür, die er von seinem ersten Einsatz in Zorns Juweliergeschäft kannte. Es war alles unverändert. Natürlich rechnete Pepper damit, daß eine Alarmanlage anschlagen würde. Aber anders, so glaubte er, würde er wohl kaum den Fuchs aus seinem Bau locken können.
Vorsichtig versuchte er, mit dem feinsten seiner Dietriche das Schloß zu öffnen. Er brauchte lange dazu. Das Licht in dem schmalen Durchlaß war schlecht. Außerdem war es wieder kälter

geworden. Die Hände wurden klamm. Mit Handschuhen aber konnte Pepper nicht arbeiten.
Schließlich spürte er, daß der Widerstand im Schloß nachgab. Mit einem kurzen Klack schob sich die Zunge aus dem Schloß, und die Tür gab nach. Pepper trat in den Raum mit den beiden Goldschmiedetischen. Er lauschte angespannt. Aber das Haus blieb ruhig. Seltsam! Peppers Nerven waren bis aufs äußerste gespannt. Er schob seinen Fuß nur zentimeterweise vor, zog den andern nach, und so arbeitete er sich Meter um Meter vorwärts. Immer wieder blieb er stehen, um zu lauschen. Das Haus gab leise Geräusche von sich, die alle ganz natürliche Ursachen hatten. Irgendwo ächzte leise ein Balken, draußen rüttelte ein leichter Wind an den Fensterläden. Pepper konnte auch den Personalraum durchqueren, ohne daß etwas geschah. Jetzt stand er an der Tür zum Laden. Unfaßlich, daß das Juweliergeschäft nicht besser gesichert war! So mußte es auch damals gewesen sein, als Zenker hier einbrach – Zorn hätte desgleichen für ihn einen roten Teppich auslegen können, um den Empfang noch schöner zu machen. Pepper trat in den Laden und blieb stehen.
Sodann flammten gleich mehrere Lampen auf, die alle auf ihn gerichtet waren. Pepper sah nichts als bunte Kringel vor seinen Augen. Hinter dem Licht hörte er ein leises, melodisches Lachen.
»Da sind Sie also, Paul Pepper«, sagte die Stimme. »Wenn ein Einbrecher erschossen wird, ist das nichts Ungewöhnliches.«
Pepper hörte, wie ein Revolver entsichert wurde.
»Geht es Ihnen so schlecht, daß Sie sich nun schon als Einbrecher versuchen müssen?« fuhr der Mann hinter den Lampen fort.
Pepper antwortete nicht. Er versuchte, etwas durch das Licht hindurch zu erkennen. Aber die Helligkeit stand wie eine undurchdringliche Wand vor ihm. Er war in die Falle getappt. Wie damals Zenker. Pepper versuchte, sich zusammenzureißen.
»Bevor Sie schießen, Zorn, sagen Sie mir noch, wie alles gelaufen ist.«

»Wenn's weiter nichts ist.«
›Wie alle Ganoven ist er selbstgefällig‹, ging es Pepper durch den Kopf. Das war eine kleine Chance, Zorn hinzuhalten, bis Rübenach vielleicht eintraf.
»Sie waren der Mann mit der Maske, nicht wahr?«
»Stimmt!«
»Und Sie haben Zink, alias Kastinger, auf der Straße damals angesprochen.«
»Das war nicht nötig. Zink und ich hatten schon seit Jahren Kontakt. Die Geschichte mit der Maske haben wir uns ausgedacht.«
»Trotzdem hat mich Zink auf die Lösung des Falles gebracht«, sagte Pepper.
»Sollte er ja!«
»Wie bitte?«
»Das war Teil meines Plans, lieber Herr Pepper. Als ich merkte, daß Sie der Wahrheit auf die Spur kamen, mußte ich einen Weg finden, Sie zu beseitigen. Ich wußte natürlich, daß Sie die Beute aus Zenkers Raubzügen unbedingt selbst finden wollten – wegen der Belohnung von den Versicherungen. Das machte ich mir zunutze.«
»Aber Kastinger war sehr erregt, als er mir diese Geschichte auftischte, er sei Ihnen, beziehungsweise dem Mann mit der Maske, am 14. Juni begegnet.«
»Ja, stimmt. Sie hatten ihn dort in diesem Kellergewölbe überrascht. Das Zusammentreffen war anders geplant. Kastinger mußte umdisponieren und Ihnen die Geschichte gleich dort erzählen. Und das hat ihn dann doch ein wenig durcheinandergebracht.«
»Sie wollten mich also hierher locken, damit Sie mich umlegen können, so wie Sie Zenker hergelockt hatten, damit er von mir geschnappt werden konnte. Aber warum haben Sie das damals getan?«
»Ist das so schwer zu begreifen? Zenker hat Zink und mir an einem

geheimen Ort seine Waren gezeigt. Herrliche Stücke! Fünf Millionen war niedrig geschätzt. Ich hab' ihm das auch gesagt. Sie sind der Größte, hab' ich ihm gesagt. Ein Mann wie Sie wird als vielfacher Millionär enden. Und dann habe ich ihm mein eigenes Geschäft schmackhaft gemacht. Ich wollte ja seine Ware an mich bringen, nicht wahr? Also hab' ich ihm einen Plan meiner Alarmanlage in die Hände gespielt und ihn wissen lassen, wann ich verreist sei. Sie habe ich engagiert, um ihn zu fassen. Ich brauchte jemanden, von dem bekannt war, daß er geduldig und zäh an einer Sache bleibt. Denn Zenker auch noch auf einen bestimmten Tag zu programmieren, das wäre zuviel des Guten gewesen. Irgendwann wird auch einmal so ein Gehirnathlet wie dieser Zenker aufmerksam. Wenn Sie ihn nicht geschnappt hätten, wäre es auch kein Schaden gewesen. Die teuersten Stücke meiner Kollektion hatte ich durch Imitate ersetzt. Die Versicherung hätte bezahlt, und ich hätte sogar noch ein Geschäft gemacht. – Nun gut. Sie haben Zenker geschnappt, und Zink und ich konnten uns seine Beute aneignen. Wir wußten, wo sie untergebracht war, denn wir hatten nach unseren verschiedenen Treffen Zenker jeweils verfolgen lassen. Ich hatte wohlweislich dafür gesorgt, daß er mich nicht wiedererkennen konnte. Zink war da weniger vorsichtig. Deshalb hat er sich auch so vor Zenker gefürchtet. Denn so dumm dieser Mann ist, so gefährlich ist er auch, wenn er in Wut gerät. Das war zudem einer der Gründe, warum ich ihn so schnell wie möglich in den Knast zurückbefördern wollte. Und nur deshalb hab' ich die Brände gelegt.«

»Eine Frage noch«, sagte Pepper.

»Das ist dann aber die letzte«, entgegnete Zorn. »Die allerletzte Frage, die Sie in Ihrem Leben stellen, Paul Pepper!«

»Wo ist Zenkers Beute jetzt?«

Zorn lachte. Und wieder hatte seine Stimme diesen selbstgefälligen Klang.

»Die einfachsten Verstecke sind die besten. Sie müßten sich nur umdrehen, ein paar Schritte gehen, eine einfache Schublade aufziehen und könnten viereinhalb Millionen Mark mit den Händen fassen. Trotzdem wird dort niemand suchen. Ja, so einfach ist das. Da graben Polizisten ganze Wälder um, Ganoven betonieren ihre Beute in Betonsockel hoher Fernleitungsmasten, und was es noch alles gibt. Die könnten alle von Ernst Zorn noch lernen. Es ist ein faszinierendes Spiel. Und ich habe noch immer gewonnen.«

»Tja, wie es scheint, ist es auch jetzt wieder so«, sagte Pepper mit brüchiger Stimme.

»Sie sagen es. Ich richte jetzt meine Waffe auf Sie, Pepper...«

»D..Das k..kannst du nicht m..machen!« tönte eine aufgeregte Stimme.

»Halt dich da raus, Kastinger!« bellte Zorn.

»N..Nein, das l..laß ich nicht zu!«

Pepper horchte in die Dunkelheit hinter dem Licht. Als er schnelle Schritte hörte, ließ er sich fallen und rollte um die eigene Achse auf das Licht zu. Ein Schuß löste sich. Pepper hörte einen Schrei. Dann war er aus dem gleißenden Lichtkreis heraus. Aber seine Augen produzierten wieder nur bunte Farben.

»Verdammt noch mal!« hörte er Zorn.

»Mein Bein, o, mein Bein«, jammerte Kastinger.

Pepper robbte vorsichtig auf die Stimmen zu. Er wußte, daß ihn Zorn in der Dunkelheit nicht sehen konnte, schließlich hatte er bisher ständig ins Licht gestarrt.

»Wo ist der Kerl«, wütete Zorn, »du machst alles kaputt, Kastinger. Alles!«

»Hallo, Maske!« Das war eine neue Stimme, die von der Tür her klang, durch die auch Pepper gekommen war.

»Zenker!« Sofort fiel ein Schuß. Aber Zenker hatte damit gerechnet und sich rasch hinter dem Türbalken in Sicherheit gebracht.

»Ist Pepper nicht da?« fragte Zenker aus dem Nebenraum. »Er muß hier sein. Er hat mich zwar abgehängt, aber wenn man zwei und zwei zusammenzählt – leider habe ich zu spät angefangen zu rechnen. Aber jetzt bin ich hier. Und jetzt will ich auch mein Gold und meinen Schmuck.«

Kastinger wimmerte leise. Von Zorn war nichts zu hören. Auch Pepper hütete sich wohlweislich, einen Ton von sich zu geben. Er lag hinter einer Vitrine. Seine Augen gewöhnten sich langsam an die Dunkelheit. Etwa drei Meter von ihm entfernt lag Kastinger auf einem der weichen Teppiche, mit denen der Verkaufsraum ausgelegt war. Von Zorn sah er nur über den Rand der Vitrine hinweg den Kopf, der jetzt aufgeregt hin- und herfuhr. Der Mann geriet in Panik, das war selbst bei dieser Dunkelheit zu erkennen. Pepper konnte sehen, wie er nervös die Hände knetete.

Draußen hörte man die Martinshörner näherkommender Polizeiautos.

»Verdammt!« schrie Zorn. »Das alles hast du mir eingebrockt.« Er ging auf Kastinger zu.

Für Pepper war das die einzige Chance. Er erhob sich auf die Knie. Er spannte alle Muskeln, kauerte tiefgebückt hinter der Vitrine. Jetzt kam Zorn ganz in sein Blickfeld. Pepper sprang mit einem wahren Tarzanschrei und riß den Juwelier von den Beinen. Zorn schlug mit dem Kopf gegen die Wand der Vitrine und verlor das Bewußtsein.

»Hände hoch, keiner rührt sich von der Stelle!« donnerte da Rübenachs Stimme.

Pepper erhob sich schwer atmend. Der Kommissar stand unter der Tür. Ausgeleuchtet wie ein Schauspieler unter den hellsten Tiefstrahlern des Bühnenlichts.

»Eine ausgezeichnete Zielscheibe sind Sie«, rief Pepper, noch ziemlich außer Atem. »Aber es ist gut, daß Sie da sind!«

Sekunden später wimmelte der ganze Laden von Polizisten.

Pepper versuchte, sich zu verdrücken. Er stellte sich an den Platz, an dem er vorhin im Licht gestanden hatte. Dann drehte er sich um, ging ein paar Schritte, durchquerte den Personalraum und kam in die Goldschmiedewerkstatt. Er blieb sinnend stehen und nahm die Polizeibeamten gar nicht wahr, die auf diesem Weg ein und aus gingen.

Kastinger, der einen Steckschuß im Oberschenkel hatte, wurde auf einer Bahre vorbeigetragen. Dann auch Zorn, der das Bewußtsein noch immer nicht wiedererlangt hatte. Pepper nahm es kaum wahr.

Von einer Schublade hatte Zorn gesprochen. Aber wo war hier eine Schublade?

»Wo, verdammt noch mal, ist hier eine Schublade?« fragte Pepper laut.

»Unter den Goldschmiedetischen!« Das hatte Frau Scheringer gesagt, die, von Pepper unbeobachtet, hereingekommen war.

»Ehrlich, ist das wahr?«

»Ja, man muß sich nur bücken. Man sieht sie nicht, weil unter jeder dieser runden Einbuchtungen so ein Ledersack hängt, der den Goldstaub und anderen teuren Abfall auffangen soll. Schieben Sie den mal zur Seite, dann sehen Sie genau in der Mitte eine Schublade.«

Pepper bückte sich. »Tatsächlich. Woher wissen Sie denn das?«

»Mein Onkel – er ist allerdings schon 1935 gestorben – war Goldschmied!«

Pepper schüttelte den Kopf. »Wenn ich Sie nicht hätte.«

»Sag' ich doch immer!«

Rübezahl trat über die Schwelle. »Ich hab' mit Ihnen zu reden, Pepper.«

»Augenblick!«

»Nein, sofort. Ich muß wissen, was hier vorgefallen ist.«

»Das will ich Ihnen ja gerade zeigen!«

Pepper ging in die Hocke und zog eine grobe, geräumige Schublade heraus. Das Licht der Deckenlampe brach sich tausendfach in all den Steinen, den Goldreifen, Ringen, Ketten und Anhängern.

»Was ist denn das?« fragte Rübenach atemlos.

»Zenkers Beute!«

»Wo?« schrie Zenker, »wo sind meine Sachen?«
»Ihre Sachen?« Rübezahl konnte Zenker gerade noch daran hindern, sich über die Schublade herzumachen.
»Die Sachen gehen alle an ihre rechtmäßigen Besitzer zurück.«

Das Fest in der Kreuzstraße

Pits Band spielte ›All you need is love‹. Ein paar Leute tanzten in der geräumigen Wohnung im ersten Stock des Hauses Kreuzstraße 34. Pepper stand, umringt von den Hausbewohnern, am kalten Buffet und ließ sich feiern.
»Stimmt schon«, sagte er gerade, »so viel Erfolg habe ich wohl noch nie in einer Woche gehabt. Ich habe Ihnen das weitere Mietrecht hier gesichert, Pit, Miles und den anderen ihre Probenräume erhalten. Ich habe Kastinger und Eberswald daran gehindert, unsere Gegend mit Falschgeld zu überschwemmen, und es ist mir gelungen, Zenkers Beute sicherzustellen.«
»Und dabei haben Sie nicht schlecht verdient«, rief die Alte, die zufrieden in einem Ohrensessel saß und dem Getriebe zusah.
»Ach, da habe ich ja fast etwas vergessen«, rief Pepper. »Augenblick!« Er kramte in seiner Jackentasche und brachte ein Lederetui hervor. »Gestern kam meine Prämie. Und heute früh bin ich zum Juwelier Heinrich gegangen, um ein Versprechen einzulösen, Alte.«
Er ging feierlich auf sie zu. Alle Anwesenden bildeten einen großen Kreis, und die Band spielte einen Tusch. Pepper zog eine

wunderschöne Goldkette aus dem Etui. An der Kette baumelte ein Stein, der in allen Farben glitzerte.
»Nein, nicht für mich. Ich bin doch eine alte Frau!«
»Gerade deshalb. Alte Damen soll man schmücken«, sagte Pepper feierlich und legte Frau Scheringer die Kette um den Hals. Die Alte saß in ihrem Sessel wie eine Königin und genoß den Beifall der ganzen Hausgemeinschaft.
Die feierliche Stimmung wurde aber jäh unterbrochen.
»Was ist denn hier los? Wird die Monarchie wieder eingeführt? Haben wir eine neue Kaiserin?« polterte Rübezahl von der Tür her.
Der Kreis öffnete sich, und Rübezahl stapfte herein. Er hatte einen Blumenstrauß in der Hand, den er Frau Scheringer mit einem verlegenen Lächeln hinstreckte.
»Da, weil Sie so tüchtig waren. Und weil Sie uns rechtzeitig angerufen haben. Der Pepper hätte das ja sonst alles auf eigene Faust versucht und wäre jetzt womöglich mausetot.«
»Von jeder Geschichte gibt es immer zwei Versionen«, rief Pepper lachend. »Eine offizielle und eine von Hauptkommissar Rübenach!«
»Polizeirat, wenn ich bitten darf«, sagte Rübezahl, um Würde bemüht.
»Was, Sie sind befördert worden?«
»Ja«, antwortete der Kommissar stolz. »Außer der Reihe, denn eigentlich muß man ja studiert haben, um ›Rat‹ zu werden.«
Alle brachen in Beifall aus, und die Band spielte erneut einen Tusch. Das Fest ging noch bis zum Morgengrauen. Nur Herr Bergemaier konnte nicht mitfeiern. Er schrieb an der großen Reportagenfolge ›Auf der Jagd nach Gold und Geld – die abenteuerliche Geschichte um die Zenkerbeute‹.

„Es ist Ihnen unbehaglich, nicht wahr?“ rief der Däne.
„Machen Sie schon, und zünden Sie endlich das Licht wieder an!“ erwiderte Kennedy ungehalten.
„Es ist merkwürdig, Kennedy“, fuhr er fort, „ich stelle gerade fest, ich könnte von Ihrer Stimme her unmöglich beurteilen, wo Sie stehen. Geht es Ihnen auch so? Können Sie mir sagen, wo ich bin?“
„Nein. Es hört sich für mich an, als ständen Sie auf allen Seiten zugleich.“
„Wenn ich die Schnur hier in meiner Hand nicht hätte, wüßte ich nicht, wohin ich mich wenden sollte.“
„Ich habe erst recht nicht die leiseste Ahnung. Zünden Sie jetzt das Licht an, meine Güte, und machen Sie ein Ende mit diesem makabren Unsinn!“
„Nur mit der Ruhe, Kennedy. Wenn ich mich richtig erinnere, gibt es zwei Dinge, die Sie besonders reizen. Das eine ist ein Abenteuer, das andere ein Hindernis, das es zu überwinden gilt. Beides will ich Ihnen jetzt bieten. Das Abenteuer besteht für Sie darin, aus der Katakombe herauszufinden. Und das Hindernis liegt in der Dunkelheit und den zweitausend irreführenden Abzweigungen, die es Ihnen erschweren werden, den richtigen Weg zu entdecken. Aber Sie brauchen sich nicht zu beeilen, denn Sie haben alle nur erdenkliche Zeit vor sich. Und wenn Sie zwischendurch eine Pause einlegen, empfehle ich Ihnen, an Miß Mary Saunderson zu denken und sich zu fragen, ob Sie sich ihr gegenüber wie ein Gentleman verhalten haben.“
„Sie Teufel! Was meinen Sie damit?“ brüllte Kennedy außer sich vor Wut.
Er begann, in kleinen Kreisen herumzurennen, und griff dabei hilflos mit den Händen in die Dunkelheit.
„Leben Sie wohl“, ertönte jetzt bereits in einiger Entfernung die Stimme des Dänen.

Leseprobe aus dem Band „Die neue Katakombe“ von Sir Arthur Conan Doyle, erschienen in der Franckh’schen Verlagshandlung, Stuttgart.

Der Mann hatte eine eigenartige Sprechweise. Er rollte die Worte gleichsam im Mund umher und zog jeden langen Vokal noch mehr in die Länge.
Er könnte aus Mississippi sein, dachte Bob, oder vielleicht aus Alabama. Er war noch niemandem aus diesen Staaten begegnet, aber der Mann sprach genau wie die Darsteller im Fernsehen, wenn sie Südstaatler spielten.
»Ja, stimmt«, bestätigte Justus. »Was kann ich für Sie tun?«
»Ich weiß auch«, fuhr der Mann fort, »daß Sie so eine Art Privatdetektiv sind.«
»Das sind wir alle drei. Wir sind die...« wollte Justus erklären.
»Dann sind Sie vielleicht daran interessiert, einen Fall zu übernehmen. Ich bin bereit, Ihnen hundert Dollar dafür zu bezahlen, wenn Sie den vermißten Wal finden und ins Meer zurückbringen.«
»Hundert Dollar!« Bob glaubte sich verhört zu haben.
»Wollen Sie den Fall übernehmen?«
»Sehr gern«, antwortete Justus. Er griff nach Notizblock und Stift. »Wenn Sie mir nun Namen und Telefon...«
»Schon gut«, unterbrach ihn der Mann. »Dann machen Sie sich bitte unverzüglich an die Arbeit, und übermorgen rufe ich wieder an.«
»Aber...« setzte Justus noch an. Im Lautsprecher klickte es scharf. Der Anrufer hatte aufgelegt.
»Hundert Dollar!« wiederholte Bob. Obwohl die drei ??? schon für zahlreiche Auftraggeber interessante Fälle gelöst hatten, waren ihnen noch niemals hundert Dollar für ihren Einsatz geboten worden.
Justus legte langsam den Hörer auf. Der Anruf beschäftigte ihn offensichtlich.
»Da ruft ein Mann an und bietet uns eine Belohnung an«, sagte er. »Aber seinen Namen will er nicht nennen. Er sagt auch nicht, wie er an unsere Telefonnummer kam. Aber er weiß, daß wir heute früh bei ›Ocean World‹ waren...

Leseprobe aus dem Band „Die drei ??? und der Super-Wal“ von Alfred Hitchcock, erschienen in der Franckh'schen Verlagshandlung, Stuttgart.

Die spannenden Krimis von Tatort-Autor Felix Huby! Jeder Band bis zu 130 Seiten, Leinen gebunden, attraktiv gestalteter, farbiger Schutzumschlag. In deiner Fach/Buchhandlung!

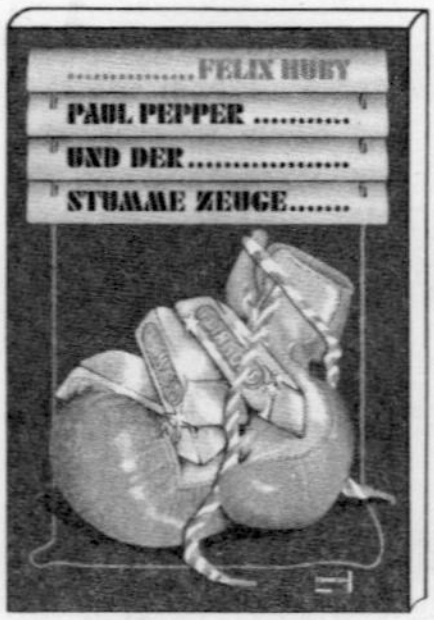

Spiel-Spannung für Leute mit Spürsinn:

Sherlock Holmes Criminal-Cabinet

Ideal für alle Krimi- und Spiele-Fans, die sich mit dem größten Detektiv aller Zeiten messen wollen!

Warum wurden die beiden Löwen im Hyde-Park umgebracht? – Wer ist für den Verlust der Gemälde in der National Gallery verantwortlich? – Wer ermordete Oswald Mason und warum?

Möchtest du gern an der Seite von Sherlock Holmes durch die Straßen von London streifen – auf der Suche nach Professor Moriarty? Möchtest du in den Docks nach der Riesenratte von Sumatra fahnden oder die Bakerstreet im Nebel entlang gehen und plötzlich Sherlock Holmes rufen hören: „Kommen Sie, Watson, kommen Sie! Es geht los!"?

Mit diesem spannenden, reizvollen Spiel kannst du solche rätselhaften und erregenden Ereignisse im London des Sherlock Holmes selbst erleben!

Du wirst über ein Verbrechen unterrichtet, das du aufklären sollst. Du selbst entscheidest dabei, welchen Spuren du nachgehst und im London des 19. Jahrhunderts verfolgst. Dabei verhörst du Verdächtige, durchstöberst das Zeitungsarchiv nach Hinweisen, suchst Orte auf, die mit dem Fall in Beziehung stehen, sammelst dort Informationen und fügst so Beweis an Beweis, bis die Lösung des Falls gefunden ist. Ein Spiel, das deinen Einfallsreichtum und Spürsinn herausfordert; bei dem du deine Findigkeit mit derjenigen deiner Mitspieler und der des Meisterdetektivs selbst messen kannst und – das riesigen Spaß macht!

Für Sherlock Holmes- und Krimi-Fans, Denksport- und Rätselfreunde und alle, die Spaß an Gesellschaftsspielen haben – ab 12 Jahren! Für einen bis sechs Spieler.

Bestell-Nr. 3-440-05446-2

**Sofort spielbar –
ohne komplizierte Regeln!**

FRANCKH
KOSMOS
Verlagsgruppe

Im Spielwaren- und Hobby-Fachhandel und in den Fachabteilungen der Warenhäuser erhältlich!

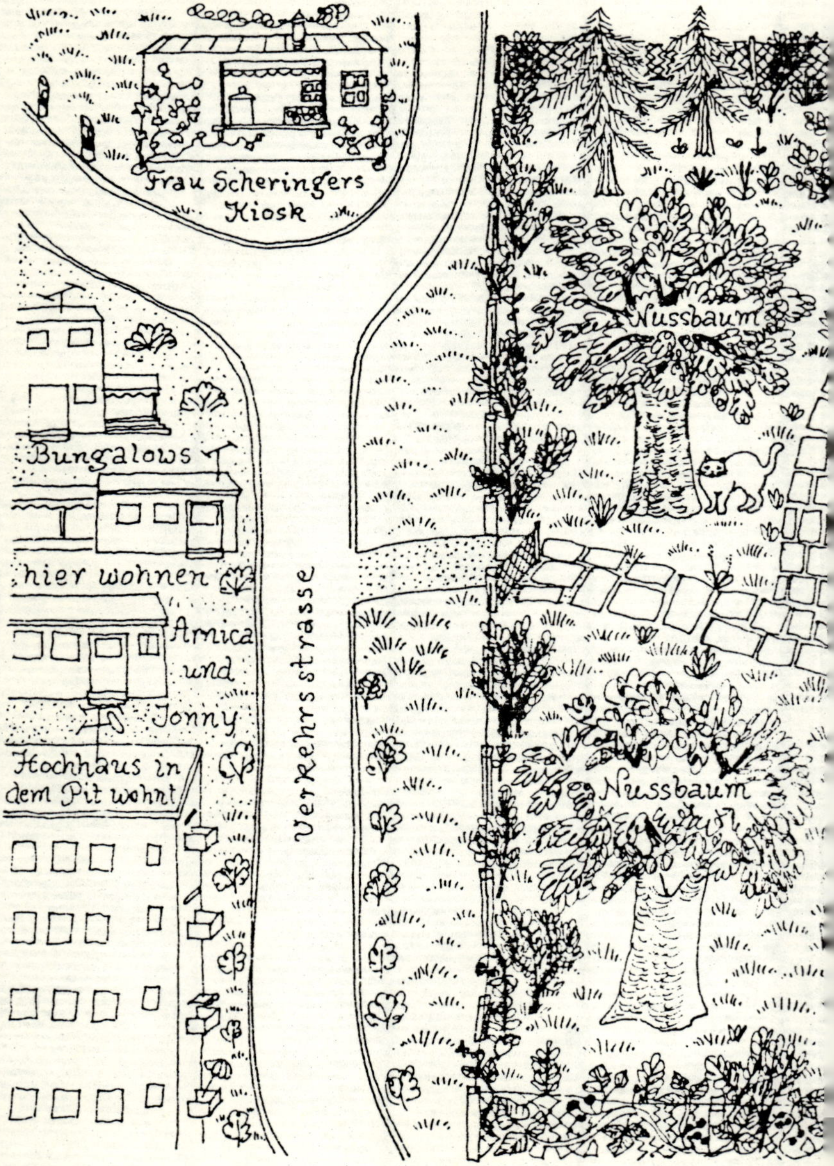

Frau Scheringers
Kiosk
Bungalows
hier wohnen
Amica
und
Jonny
Hochhaus in
dem Pit wohnt
Verkehrsstrasse
Nussbaum
Nussbaum

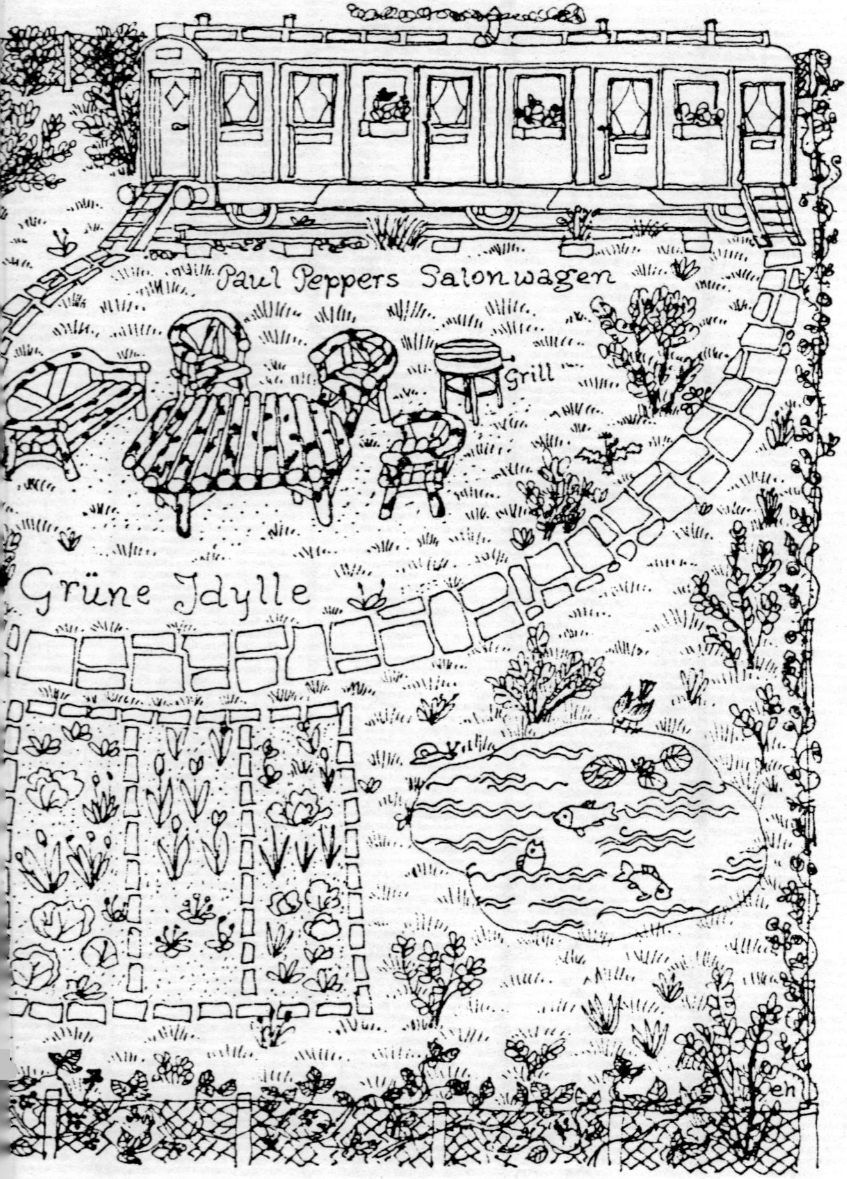
Paul Peppers Salonwagen
Grill
Grüne Idylle
eh